ハヤカワ文庫 JA

〈JA1429〉

死んでもいい

櫛木理宇

早川書房

8505

目次

死んでもいい

死んでもいい

格子の嵌《は》まった窓の外は、重苦しい曇天だった。

取調室のテーブルに、河石要《かわいしかなめ》は両肘を突いて座っていた。まぶたをなかば閉じ、組んだ両指に顎《あご》をのせた姿勢で待つ。誰を待っているかは、自分でも判然としなかった。

ふつうに考えれば刑事、いや捜査員だろう。日焼けした中年の捜査員二人に任意同行を求められ、彼はこの警察署へやって来た。とくに不安や焦燥は感じなかった。指で、わずかに眼鏡を持ちあげる。

クラスメイトの樋《ひ》田《だ》真俊《まさとし》が殺害されたのは、月曜の夜だったという。

要と真俊は、去年——中学二年の春に同じクラスとなった。二年からの進級はクラス替えがなく、同じ顔ぶれで三年に繰りあがった。

「おまえ、死ぬなよ」

そう級友にささやかれたのは、三年になってすぐだ。

「頼むから死ぬなよ。自殺も、殺されるのも勘弁な。樋田みたいなやつに目ぇ付けられるなんて災難だろうけど……でも、卒業までの辛抱だ。逃げまわれよ、河石」

級友の双眸《そうぼう》には怯《おび》えが浮いていた。

あきらかに、要が死ぬことへの怯えではなかった。在校中に事件が起こり、推薦入試に影響が出る可能性を彼は恐れていた。

――けれど、現実に死んだのは樋田くんだった。

樋田真俊に要が〝目を付けられ〟たのは、去年の始業式だ。

「おまえ、放課後ツラぁ貸せよ。校舎裏へ来い」

顎をしゃくられ、要はおとなしくうなずいた。拒否権などあろうはずもなかった。真俊は校内で名の知れた問題児であり、絶え間なく暴力沙汰を起こしていた。

要は帰宅する生徒たちを横目に、校舎裏へ向かった。樋田はすでに待ちかまえていた。したたかに要は殴られた。倒れたが引き起こされ、さらに拳を見舞われた。

口の中に広がる血の味を、要ははじめて知った。反射的に飲みこんでしまう。途端に吐き気が衝きあげた。

顔をあげると、真俊の肩越しに校庭が見えた。

桜並木が薄紅の雲のように連なっていた。

いちめんの花霞《はながすみ》。頬を引き攣《つ》らせ、犬歯をむき出して笑った真俊の顔。あざやかな対比は、いまも要の脳裏に焼き付いている。

その日を皮切りに、要は真俊に毎日呼びだされるようになった。

真俊は不良の取り巻きを連れていることもあった。だがたいていは一人だった。殴打はむしろ、彼一人のときのほうが苛烈だった。

場所は校舎裏か、もしくは人気《ひとけ》のない河原でおこなわれた。

真夏のむっとする草いきれ。アスファルトに揺らめく陽炎。秋には薄《すすき》が金色の波をつくった。日中なら燃えたつような陽が、夜なら冷えた月が、無言で彼らを見おろしていた。

最初のうちは、殴る蹴るだった。真俊の拳が頬に、爪先がみぞおちにめりこむ。地べたを這い、苦悶にのたうつ要に、真俊が声をあげて笑う。

樋田真俊は愉しんでいた。要は確信している。そう——一片の疑いなく、真俊は愉しんでいた。

やがて真俊は、ナイフを持ち出すようになった。柄《え》にいくつものホールが穿《うが》たれ、スリットから刃が見える細工のバタフライナイフだ。月光を弾いて、夜気の中で銀いろに光っていた。

真俊はけして要に深手を負わせはしなかった。嬲《なぶ》るように刃を使った。頬や腕の薄皮一枚を狙って切り裂くことも、血を流させることもあった。

校内では何度か、階段の踊り場から突き落とされた。

かと思えば、河原で犬をけしかけられた。

犬に押し倒されたあのときも、要は仰向いた視界に真俊の顔を見た。大型犬が吐く臭い息と、黄みがかった牙。その向こうに、真俊の愉悦の表情があった。牙が要の肩に打ちこまれた瞬間、真俊は箍《たが》のはずれた声で笑った。

――いったい誰が、樋田くんを殺したんだろう。

要は思った。

ぼくは殺していない。それだけははっきりしている。ならばいったい、どこの誰がやったというのか。

――ぼくが、この手で殺したかった。

誰かに殺されるくらいなら、その前にぼくが。

要は目を閉じ、唇を噛んだ。

眼裏《まなうら》には、半月前にネットショップで購《もと》めたハンティング用のボウイナイフが浮かんでいた。

自動販売機の取り出し口から、木《き》内《うち》はコーヒーの紙コップを取り出した。

ひとくち啜《すす》って顔をしかめる。相変わらずひどい味だ。だが警察署内で糖分とカフェインを摂るには、これ以外の手段がなかった。苦情は多数寄せられているはずなのに、いまだ業者が変わる様子はない。

――酒が無理なら、カフェインでも摂らなきゃやってられん。

子供が殺される事件は昔から苦手だった。刑事課に何年属していようが、慣れることはない。たとえ被害者が、どんなにたちの悪い不良であってもだ。

樋田真俊。青葉《あおば》台《だい》中学校三年二組、満十五歳。

彼が刺殺体で発見されたのは、月曜の〇時四十五分頃であった。陸橋の下に転がった死体を、会社帰りの女性が発見したのである。

どうせ酔っぱらいだろう、といったん通り過ぎかけたが、

「お腹のあたりに血が見えたし、未成年っぽかったから通報しました」

と彼女は証言した。

警邏中の巡査が、無線を聞いて駆けつけた。死体のポケットに財布はなかった。身分証明書も見あたらなかった。だが巡査の一人が、被害者の顔を知っていた。

「こいつ、ここらじゃ有名な非行少年だ。おれも何度か補導したぞ」

十分後、機動捜査隊と所轄の捜査員が到着した。巡査の報告を聞き、捜査員は生安課少年係に連絡を入れた。

過去の調書から、樋田真俊の名前や学校名が判明したのはさらに一時間のちだ。

死体の傍らには、凶器とおぼしきボウイナイフが落ちていた。検視の結果、死亡推定時刻は二十一時から二十三時。揉みあった形跡はあるが、刺し傷は二箇所のみだった。うち一創が肝臓を貫いていた。

「死因は外傷性ショック死だろう」と鑑識課員は語った。

さいわい、ボウイナイフはありふれた品ではなかった。某ミリタリーショップのネット通販限定品で、ブレードの根もとには製造番号が刻印されていた。

ショップの履歴によれば支払いはクレジットカードである。カードの名義人は「河石七《かわいしなな》枝《え》」。河石要の、実母の名であった。

要が真俊のクラスメイトであり、彼にいじめられていたという証言はすぐに集まった。刑事課の誰もが「これは早期解決しそうだ」と確信した。

捜査員は要の自宅を訪ね、任意同行を求めた。

「某月某日、きみはミリタリーショップでナイフをネット通販したかね？」と尋ねた。

「はい」

あっさりと要は首を縦にした。

「母のカードで購入しました」

凶器のナイフに付いていたのは、要と真俊の指紋のみだった。また要は十八時から二十一時まで塾にいたものの、その後の動向は不明であった。

署へ連行された要は、木内に向かってこう証言した。

「塾から戻ったら、母はまだ帰宅していませんでした。でも帰りが遅くなるのは珍しくないので、食事をとって入浴し、先に寝ました」

「塾からはどうやって帰ったんだ？　バスやタクシーなどの交通機関は使ったか」

「自転車です」

「一緒に帰った相手は？」

「いえ。一人でした」

「ではきみの二十一時以降のアリバイは、誰も証明できないことになるぞ？　いいのか、それで」

凶悪犯相手なら木内は一歩も引かない。だがその舌鋒《ぜっぽう》も、さすがに中学生相手では切っ先が鈍った。

一方、河石要はあくまで無表情だった。

「はい。事実ですから」恬淡《てんたん》と認めた。

「疑われてもしかたないとはわかっています。でも、ぼくは樋田くんを殺していません。犯人がぼくでないことは、ぼくが一番知っています。——こんなことになるなら」

要は、木内をまっすぐに見て言った。

「こんなことになるなら、ぼくが先に殺しておけばよかったです」

取調室に戻った木内は、ふたたび要と向かい合って座っていた。

華奢《きゃしゃ》な体軀《たいく》だった。背ばかり高く、手首の骨が尖って見えるほど痩せている。眼鏡の奥の瞳は、伏せたまぶたで隠されていた。こんな言いかたはよくないが、いかにも〝いじめられっ子〟らしい風貌だ。

——樋田真俊は、この子とはなにもかも対照的だった。

金茶に染めた髪。盛りあがった上腕の筋肉。十五歳にして、早くも大人顔負けの体格だった。筋彫りのみとはいえ、左肩に龍の刺青まで入れていた。

「きみは樋田真俊から、毎日のように暴力をふるわれていたらしいじゃないか」

木内は要に問うた。

「殴る蹴るだけじゃなく、ナイフで切りつけられたり、突き落とされての骨折騒ぎもあったと聞く。病院側は何度か、『通報するか？』ときみに訊いた。しかしその都度きみは拒んだ。なぜだ。いじめがこれ以上エスカレートするのを恐れたのか？」

「はあ」

要が曖昧な声を発する。木内は目をすがめた。

「はあ、とは？」

「おおよそ、そんな感じです」

「『そんな感じ』じゃわからない、もっと具体的に言ってくれ」

「いじめがこれ以上エスカレートするのを、恐れました」

要は木内の言葉を抑揚なく繰りかえした。

木内の神経が、ちりっと波立つ。

何を質問してもこの調子だ。まったく最近のガキはどうしてこう腑抜けてるんだ。おれの息子だったらぶん殴ってやるところだが、と胸中で吐き出す。

――この子でなく、母親の犯行じゃないのか。

そう言った同僚の声を、木内は脳内で反芻《はんすう》した。

要の母である河石七枝は、現在も行方不明だ。要の証言によれば、犯行当日は平常どおりの時刻に家を出たという。しかし実際は会社に出勤しておらず、帰宅した形跡もない。

要の両親が離婚したのは、約十年前だ。

原因は夫側の不貞だった。離婚前に取り決めたにもかかわらず、養育費は三回振り込まれただけで滞った。以後は七枝が、働きながら女手ひとつで要を育ててきた。

彼女はみずから残業の多い部署を志望し、

「この残業代がないと、母子二人でとてもやっていけない。片親だからって、子供に不自由させたくないものね。人並みに塾に行かせてやりたいし、持ち物だってほかの子と同じレベルのを持たせてあげなきゃ」

と、つねづね周囲にこぼしていた。

また知人の証言によれば、最近の七枝は「様子がおかしかった」らしい。

「息子が大変なことになっている」

「こんなことになるまで、気づかなかった自分が恨めしい」

「でも、いまからでも挽回は遅くない。親としてのつとめを果たさなければ」

と彼女は涙さえ見せたという。

——母一人子一人の家庭だ。さぞ息子への思い入れは強かっただろう。

木内は胸中でひとりごちた。

七枝には「父親のぶんまで、自分がわが子を守らねば」という気負いがあったはずだ。

息子が毎日執拗ないじめを受けていると知って、どんなに思いつめたかは想像に難くない。

——四十代のキャリアウーマンで、しかも母親だ。この覇気のない息子より、よほど肚《はら》が据わっていただろうさ。

写真を見ただけだが、河石七枝は背が高く体格もいい。相手が中年女となれば、真俊とて油断しただろう。

クレジットカードの明細は名義人のもとへ届く。息子がナイフをネット通販したと、七枝は知っていたはずだ。息子が使う勇気のなかったナイフを、彼女は抽斗《ひきだし》から取り出して、そして――。

木内はかぶりを振った。

いや、ナイフを注文したのがほんとうに要とは限らない。七枝自身の意思で購入した可能性とて高い。要は「自分のナイフ」だと認めたが、母子ならかばいあうに決まっている。まだ事件の筋書きを固めるには早い。

木内はわざとゆっくり足を組んで、

「通信会社から、樋田のスマートフォンの履歴を取り寄せた」

と要に言った。

「きみのお母さんは先月から数えて四回、樋田真俊のスマホに電話をかけている。事件当夜の六時間前にもだ。用事はなんだろうな。なんだと思う？」

「さあ」

伏し目のまま要が応える。木内は質問を重ねた。

「きみのお母さんは、樋田の番号をどうやって知ったんだ？」

「それは……たぶん、ぼくのスマホからだと」

「きみのスマートフォンのアドレスから、樋田の番号を知った？　へえ。お母さんは、いつもきみの通信履歴をチェックするのか」

「いつもじゃありませんが、たまに」

「過保護なんだな」

「さあ。ふつう程度だと思います」

　のらりくらりと受け答えする要の顔に「ぼくが殺しておけばよかった」と言いはなったときの精気はなかった。

　木内は視線をそらし、ため息を洩らした。

　――こいつ、自分の母親がやったと知ってるんじゃないのか。

　だからこその、この態度ではないか。

　河石要の成績はかなり上位だ。いじめられるようになってからは下降気味だったが、学年で十位以内から落ちたことはない。つまり頭のよろしいガキということだ。そうでなくとも中学生となれば、大人顔負けに嘘をつく子はすくなくない。

　とはいえ、まだ決めつけるわけにはいかなかった。なぜなら容疑者はほかにもいる。この母子に絞っていい段階ではない。

　木内は前傾姿勢になった。

　要の伏せたまぶたを凝視しつつ、質問を再開する。

「樋田が殺された夜、きみが学校から帰宅したのは何時だった？」

「夕方の四時半ごろでした」

「その時間は正確か？」

「だと思います」

「思います、とは？」

「壁掛けの時計を見ました。それに帰りはいつも、だいたいその時刻なんです」

「誰か証言してくれる人は？」

「いません。母は帰っていませんでしたから」

すでに何度目かになるやりとりだった。同じ質問を繰りかえして、いつかぼろが出るよう仕向けるのは尋問の定石だ。だが要は、同じ質問へ同じ答えを機械的に返すだけだった。いささかの乱れもない。

「樋田真俊を、きみはどう思っていた？」

「どうって、クラスメイトです」

「さっき『ぼくが殺しておけばよかった』と言ったが、どういう意味だ」

「言葉のままの意味です」

「凶器のナイフはきみのものだと言ったな。なぜ購入しようと思った？」

「ネットサーフィンしていたら、たまたまショップのサイトに行きあたったんです。欲しくなったので買いました」

「なぜ欲しいと思った？」

「きれいだったから。それに護身用というか、お守りになるかなと思いました」

「ほう、護身ね。誰から身を守るためだ？」

「べつに特定の相手じゃありません。ぼくって絡まれやすいんです。道を歩いていても、知らない人に『金を貸せ』とか、しょっちゅう言われるし」

「では、購入したナイフを使ったことは？」

「ありません」

「持ち歩いたことは？」

「それは、何度か」

「どんなときにだ。学校へは持って行ったか？」

「たまに」

「樋田真俊の前でナイフを出したことは？」

「ありません」

「なぜだ。きみは日常的に樋田に殴られていた。護身用だと言うなら、まずはやつから身を守るべきだろうよ。なぜ樋田に対して使わなかった？　脅しのためにすら、見せたことはなかったのか？」

「通用しないと思いました。樋田くんもナイフを持っていたし」

「バタフライナイフだな。樋田のナイフ所持については、同級生からも証言が取れている。だがきみは、それ以上に大きく殺傷能力の高いボウイナイフを手に入れた。樋田のナイフで傷つけられたとき、やりかえしてやろうとは思わなかったのか？」

「思いませんでした」

「なぜだ」

「腕力に差がありすぎるし、使い慣れていないから無駄だと判断しました。樋田くんに対しては、無抵抗でいるほうが楽だったんです。やりかえしたら、かえって長引くでしょう。さっきも言いましたが、ただのお守りのつもりでした」

「ふうん。お守りね」

「そうです」

「でもきみは、そのお守りをいま所持していない。樋田もまた、殺されたとき愛用のバタフライナイフを所持していなかった。彼のナイフの行方について、なにか知っていることは？」

「ありません」

要は眉ひとつ動かさなかった。この一連の受け答えも、数時間前に交わしたものとそっくり同じだ。

――まったく、可愛げのないガキだぜ。

木内はひっそり舌打ちした。

事情聴取すべき真俊の関係者は、ほかにも二人いる。兄の樋田隆司《りゅうじ》と、真俊の恋人である西野《にしの》沙理《さり》だ。

しかし残念ながら、いまだどちらとも連絡が取れていない、七枝と同じく行方が掴めないからだ。

——隆司も沙理も、札付きの不良らしい。こんなのらくらしたモヤシっ子より、おれは悪ガキの扱いのほうが慣れてるんだがな。

木内は心中で愚痴りつつ顎を撫でた。

伸びかけた鬚《ひげ》が、掌《てのひら》で不快にざらついた。

要は目を閉じていた。

まぶたの裏では、きらめく夏の陽がほむら立っていた。

あれはどこだったろう——。河原ではなかったはずだ。丈の高い草が生い茂り、群生した野《の》茨《いばら》が腕やうなじを痛がゆく刺した。

要と真俊だけだった。ほかには誰もいなかった。

陽射しが痛いほど照りつけていた。なのに、なぜか仄暗かった。どことも知れぬ底に、二人で落ちこんでしまった気がした。

飲め、と真俊は言った。

差し出された彼の掌には、翡《ひ》翠《すい》いろの細い小蛇がうねっていた。

要は首を振って拒んだ。

真俊の膝が、彼の腹にめりこむ。要は呻《うめ》いて、草むらに突っ伏した。青くさい雑草の匂いが鼻をついた。

飲め、と真俊は繰りかえした。もし言われるがまま飲みこんだら、どうなるだろう。胃の中で蛇は暴れるだろうか。胃液で溶かされる前に、腹を食い破って出てこようとするのではないか。

蛇が自分の腹を食いちぎり、皮膚を突き破るイメージが脳裏に浮かぶ。血にまみれた蛇が、のっそり頭をもたげる想像が。

いま一度、要は拒絶した。今度は平手で叩かれた。頬が痺れる。熱い。二度、三度と頬を張られた。

要は真俊を見あげた。

逆光になった彼の顔は、粘い汗を浮かべていた。腕を振るたび、盛りあがった筋肉とともに筋彫りの龍が蠢動《しゅんどう》する。

龍は視界の中で歪んでぼやけ、やがて、母の泣き顔に変わった。

――母さんは、知ってた。

樋田真俊の名前も素性も、いつの間にか知っていた。泣きながら問いつめられた。

もっと早く知っていれば転校させたのに、と詰《なじ》られ、仕事仕事で気づいてやれなくてごめんね、とも謝られた。

――母さんが謝る筋合いのことじゃない。

そう言ったが、母はかぶりを振るばかりだった。

母が真俊に電話したと知ったのは、数日後のことだ。

要を校舎裏へ呼びだした真俊は、ものも言わずに殴ってきた。そして彼に向かい、スマートフォンをかざした。

流れてきたのは母の声だった。彼は、母との通話のやりとりを録音していた。

すべて聞かせ終わると、ふたたび真俊は要を殴った。己の歯で内頬がざっくり切れた。

要は血とともに、「ごめん」と謝罪を吐きだした。

しかし返答代わりに降ってきたのは、容赦ない渾身の蹴りであった。

セブンスター一本分の休憩をとり、木内は署内へ戻った。

気が重い。どうにもあのモヤシっ子は調子が狂う。

ふと、息せき切って廊下を駆けてくるシルエットが見えた。刑事課の後輩だ。

「木内さん、樋田隆司と西野沙理が見つかりました」

「どこでだ。一緒にいたのか」

「いえ。隆司は補導され、下田《しもだ》署に連行されていました。下田の歓楽街で、喧嘩騒ぎを起こしたんだそうです。西野沙理のほうは友達の家で発見されました。二人とも、いまこちらへ向かわせています」

「そうか」

木内はうなずき、後輩の肩をかるく叩いた。

樋田家は父、母、隆司、真俊の四人家族だ。だが話を聞くだに、ひどく複雑な家庭であった。

まず隆司と真俊は母親が違う。隆司は先々妻が産んだ子で、真俊は先妻の子だ。

そしていま家にいる〝母〟はどちらの生母でもなく、父が娶《めと》った三人目の妻である。歳はまだ二十二歳。十七歳の隆司とは五歳、真俊とは七歳しか離れていない。元風俗嬢だそうで、見るからに派手づくりな女だった。

――子供がグレるのも当然……とは、言っちゃいかんか。

木内は頬を歪めた。

樋田兄弟の仲は、お世辞にもよくなかったようだ。調べによれば、過去にも何度か金銭トラブルを起こしている。

身内で金の貸し借りはめずらしくないが、彼らの場合は額が大きい。樋田家の父は子供に金のみ与えておく放任タイプらしく、兄弟は日ごろから羽振りがよかった。貸し借りの総額は、合計で五十万を超えるという。

一方、恋人の西野沙理も素行のよくない少女である。中学一年から真俊と付き合っていたそうで、中学生にしては長続きしたカップルと言えるだろう。

沙理は真俊にぞっこん惚れこんでいた。カッターナイフで腕に彼の名を刻みつけては、

「早く結婚して子供を産みたい」

と公言していたという。だがここ最近はうまくいっておらず、喧嘩ばかりだったとの証言が複数ある。

隆司との金銭問題。沙理との痴情のもつれ。

現時点でもっとも疑わしいのは河石母子だ。しかし隆司と沙理の線も、十二分に有り得る。

木内は、取調室へ戻る足を速めた。

「河石要のせいだよ。全部あいつのせい。なんであいつじゃなくて、トシちゃんが死ななきゃいけないのよう。ひどい。こんなの絶対許せない」

沙理はわめき、泣きじゃくるばかりだった。

聴取は年配の取調官主導でおこなわれた。しかし沙理の供述はほとんど要領を得なかった。毛を逆立てた猫のごとく敵意をむき出しにし、取調官の言葉尻をとらえては食ってかかった。

木内は窓脇の壁にもたれ、口を挟まず二人のやりとりを聞いた。

「河石要について、どれくらい知ってる？　話したことは？」

取調官が無難に切り出す。

「あるわけないじゃん」嚙みつくように沙理は答えた。

「同じクラスになったこともないよ。あいつがトシちゃんに毎日殴られてたのは知ってる。けど、そんなの学校じゅうで有名だったしさ。あたしなんかより、河石のやつをもっと調べりゃいいじゃない」

金切り声をあげる少女を、取調官は冷めた目で見つめた。

「樋田は河石要を、そうとうにひどくいじめていたようだね。ナイフで体に傷をつけるまでにエスカレートした、と聞いたが？」

「それはまあ、……そんなこともあったかもね」

沙理は渋しぶ認めて、

「でも言っとくけど、あたしは『あんなやつにかまうな』って、トシちゃんに何度も言ったんだよ。それにまさか、こんなことになるなんて思わないじゃん……。ほんっと、信じらんない。嘘みたい」

沙理はぼろぼろと大粒の涙をこぼした。

溶けたアイラインとマスカラで、目のまわりが真っ黒に染まった。嘘泣きではないようだ。だが、まるきり信用できる涙でもなかった。

「河石要は、樋田を恨んでいた？」

「そうなんじゃない？　知らないよ。なんであたしに訊くの」

「なんでだって？　だってきみも、樋田を恨んでいたんじゃないのか」

「――は？」

沙理の声が一段低くなった。

顔をあげ、上目づかいに取調官を睨む。

「なんのこと？　あんた、なに言ってんのよ」

「きみと樋田は、最近うまくいっていなかったそうだね。複数の証言が取れたよ。二人で会う機会は激減した。家に訪ねて行っても、留守だと追いかえされることが相次いだ。仲間数人に、きみは樋田との仲を何度も愚痴っているね？　『彼が冷たくなった。ＬＩＮＥも既読無視ばっかり。このままあたしを捨てる気なら、殺してやる』と言っていたらしいじゃないか」

「なにそれ、誰かがチクったってわけ？　むかつくんだけど」

気づけば沙理の涙は止まっていた。唸るように言う彼女を取調官は制して、

「無理もないよ、きみは結婚するつもりだったのにな。急に樋田のほうが冷めたんじゃあ、恨みに思って当然だ」

「待ってよ、あたし、恨んでなんかないって！」

沙理は叫んだ。

「ちょっと倦怠期だっただけよ。そんなの付きあってたら、誰だって普通にあることじゃん。大げさな話にしないでよ」

「まあ聞きなさい。ここに樋田のスマートフォンの通信履歴がある。ここ三箇月というもの、電話をかけ、メールやＬＩＮＥを送っているのはきみからばかりだね。樋田からきみに電話したのは、たったの四回。対するきみが樋田に電話した回数は、百二十回を超える」

「へえ、それがなに？　そんなのなんの証拠にもなんないし」

沙理は鼻で笑い、パイプ椅子にもたれた。

「まさか河石よりあたしを疑ってるってわけ？　馬っ鹿みたい。トシちゃんはあたしの彼氏なんだよ？　殺すわけないじゃん。結婚するはずだったんだから！」

「そう思っていたのは、きみだけのようだ」

「うるっせえよ！　死ね、ジジイ！」

顔を真っ赤にして沙理はわめいた。

取調官はわざとらしく大きなため息をついて、

「樋田の死については、いつ知った」

と尋ねた。

沙理が一瞬詰まる。顔をしかめて、声を押し出す。

「先輩から、知らされたの。陸橋の下で、トシちゃんの死体が見つかったってLINEが来て……。嘘だ、って思ったけど、お昼のニュースでやってたから、ほんとだってわかったのよ。みんなも驚いたみたいで、じゃんじゃんLINEが届いてさ。対処できないし、あたしもわけわかんないしで……。頭パンクしそうだったから、電源切ってミカん家《ち》に行ったんだ」

「ミカとは友人の名だね？なぜその子の家に行ったのかな」

「だって、うちにいるとママがうるさいもん。ウザいし、あたしの気持ち全然わかってくんないし。それにママ……トシちゃんのこと、あんま好きじゃなかったし」

そりゃあそうだろう、と木内は思った。

樋田真俊はどう見ても世の母親受けするタイプではない。顔つきといい風体といい、できるだけわが子から遠ざけたい部類の少年だ。

取調官がつづけた。

「樋田とはいつからの付き合い？」

「今年で三年目。一年のとき同じクラスになって、付き合いはじめたの。みんなには『長いよね』って言われてる。実際、二年以上つづいてるのって仲間内じゃあたしらだけなの。

みんな飽きっぽくてさ、すぐ別れちゃうから」

沙理は得意げに鼻をうごめかせた。

「彼のことが好きだったんだね？」

「あたりまえでしょ」

彼女はぐいと左の袖《そで》をまくってみせた。

あらわになった腕は、傷だらけだった。カッターナイフで彫ったあと、墨でも流しこんだらしい。歪んだ相合傘やハートマーク、ローマ字表記の真俊の名がいくつも刻みこまれていた。

「ひどいことを。一生消えないかもしれないぞ。刺青《いれずみ》と変わりないな」

「べつにいいもん。消す必要ないし」

「彼氏のためにそこまでやったというのに、肝心の樋田が冷めてきたんじゃあな。きみはさぞ焦っただろう」

「だっから、しつけえよジジイ！　冷めてねえって言ってんだろ！」

沙理がヒステリックな罵声を飛ばす。

その眼前に、取調官はビニール袋に包まれたボウイナイフを差しだした。

「このナイフに見覚えは？」

沙理が息を呑んだ。

おや、と木内は思った。いままでと反応が違う。一瞬にして、顔から血の気が引いている。彼女がこのナイフにこれほど反応するとは予想外だった。

取調官が追及にかかった。

「見覚えがあるんだね？」

「し、らない」

沙理は顔をそむけた。色を失った唇が震えていた。

愛する少年の命を奪った凶器に怯えているのか、それともほかにもっと理由があるのか。

木内の目には、後者としか映らなかった。

取調官が、さらに問いを発しようとしたときだ。

急に廊下が騒がしくなった。木内と取調官だけでなく、沙理までもが首を向ける。

ドアがひらいた。顔を覗かせたのは刑事課の後輩だった。半身を乗りだした姿勢で、

「参考人が到着しました」と早口で告げる。

被害者の異母兄こと樋田隆司が、ようやくお出ましらしい。木内は無言でうなずきかえした。

ひらいたドアの隙間から、河石要が見えた。廊下を歩いていく。新米の警官に付き添われている。どうやら要の再尋問は、隆司の供述を聞いてからになりそうだ。

沙理が不貞腐れた顔で、

「……ねえあたし、二日目なんだけどぉ。刑事さんタンポン持ってる？　いくらなんでも、トイレくらい行かせてくれるよね？」

　と投げ出すように言った。


「取引するなら、話してやるよ」

　パイプ椅子にふんぞりかえり、樋田隆司は無造作に言いはなった。背丈は同じくらいだが、真俊かなり太っており、異母弟の真俊とはまるで似ていない。背丈は同じくらいだが、真俊より三十キロは重いだろう。金のチェーンネックレスといい刺繍入りのシャツといい、不良少年というよりはヤクザの舎弟じみた身なりであった。

「取引とは？」

　慎重に木内は問いかえした。

　隆司が吐き捨てるように、

「とぼけんな、そっちのほうが詳しいだろ。テレビとかでよくやってるあれだよ、あれ。こっちが自白する代わりに、罪を軽くするとかいうあれ」

　どうやら司法取引のことらしい。海外ドラマでも観たのか、と木内は頬肉を嚙んで苦笑をこらえた。

「うーん、そりゃあ自白の内容によるな」

「あ？　どういう意味だよ」

「有益な――つまり、こっちにとって役立つ情報なら取引するかもしれない。だがまずは、聞いてみなくちゃ判断できないな。そうだろう？」

「ふん。適当言ってごまかそうとしてんじゃねえよ。おれあもう十七過ぎてる。起訴して、刑事事件ってやつにできるんだろ？　それくらい知ってんだ。だから、先に取引してくんなきゃしゃべんねえ。少年院なんて冗談じゃねえよ。別におれだって、やりたくてやったわけじゃねえんだっての」

「ほう。ということは、事故だったのか？」

　木内が水を向ける。

「そうだよ、事故！　事故だったんだよ、わざとじゃねえんだ」

　覿面《てきめん》に隆司が食いついた。

「だいたいさあ、あいつのほうから持ちかけてきた話なんだぜ？　はっきり言って、おれはやりたくなかったんだよ。面倒なことになるってわかってたんだ」

「あいつ、とは？」

「真俊だよ、決まってんじゃんか。あいつ、ご丁寧に手袋とナイフまで用意してよ。ほら、狩りとかに使うでっけえナイフだよ。そんで『これでおれの腕か肩を傷つけてくれ。ちゃんとナイフは右手で持てよ？　右利きって設定なんだ』とか、わけのわかんねえこと言いやがって——」

木内の鼓動がどくりと高鳴った。

——真俊が異母兄に頼んだ？　自分を傷つけてくれ、と？

しかも自分のバタフライナイフではなく、河石要のボウイナイフで？

はやる気持ちを抑え、木内は平静な声音をつくって問うた。

「いやだったなら、なぜ引き受けたんだ？」

隆司が鼻を鳴らす。

「十万出すって言うからさ。あいつにちょこっと切りつけて十万なら、安いもんだと思ったんだよ。べつに切るのもいやじゃねえし。普段からくっそ生意気な、気に入らねえやつだからな。……でも」

「でも？」

「土壇場で、その、なんていうか」

言いよどむ隆司に「どうした」と、辛抱強く木内はうながした。

隆司が顔をしかめて、

「……十万じゃ割に合わねえ、って言ってやったんだよ。三十万出せ、そんならやってやる、って」

と言う。

「そしたらあいつ、急に怒り出してよ。『今日は十万しか用意できないんだ。今夜やらなきゃ意味がないんだ』とか、わけわかんねえこと言って摑みかかってきやがったのさ。だからおれのほうも、つい――」

隆司は頭を掻いて、

「だからさ、わかるだろ？　こんなもんどう考えたって事故じゃねえか。いや、正当防衛かな。とにかくおれは刺すつもりなかったんだ。なあ、普通に考えてみろって。あんたなら、たった十万ぽっちで人を殺すかよ？」

媚《こ》びるように、上目で木内をうかがってくる。

木内は啞然と彼を見かえした。

「なぜだ」

「え？」

「なぜ真俊はおまえに、自分を傷つけてくれなんて依頼をした？」

「さあな。知るかよ、そんなこと」

隆司は肩をすくめた。そして「ただ働きはいやだから」と、死体から財布を抜いて逃げたことを悪びれず認めた。

「河石七枝の死体が見つかった」

との報せが入ったのは、その供述から数分後であった。

洗面所で、要は顔を洗いつづけていた。蛇口から流れる冷水をすくい、掌で幾度も顔に叩きつける。

冷たい、とは思う。でもそれだけだ。

まるで現実感がない。いま自分が警察にいることも、樋田真俊が死んだという事実も。皮膚の感覚だけでは、とても胸に迫ってこない。実感がない。

「おい、まだか。いいかげんにしろ」

背後に立つ若い警官が、うんざりと言う。だがその声もひどく遠い。世界のすべてが透明な薄膜の向こうにあるみたいだ。

いまは脳裏によみがえる声のほうが――過去の記憶のほうが、よほどリアルだ。

死ねよ――。

あの日の真俊は言った。

要に馬乗りになって、あの日、真俊は彼の喉に両手をかけていた。

要はもがいた。抵抗ではなかった。あらがったところで、跳ねのけられないとわかっていた。圧倒的な体格差であり、体勢だった。意志に反して、手足が断末魔の痙攣《けいれん》を踊ったのだった。

真俊は録音した母の通話音声を聞かせたあと、要を殴り、蹴り、首を絞めあげた。

——樋田くんは、今日ここでぼくを殺す気だ。

要は確信した。

覆いかぶさる真俊の双眸には、油膜のような殺意がぎらついていた。

死ぬ。自分はここで死ぬ。この丈高い雑草に囲まれて、藪《やぶ》の中で人知れず死んでいく。死体はいつ見つけられるだろう。この陽気では、皮膚も肉もじきに腐り落ちてしまうだろうか。

陽射しがひどく眩しかった。眼球が焦げつきそうだ。うつろにひらいていた目を、要はゆっくり閉じた。本気で死を覚悟した。真俊の汗が一滴二滴と顔にしたたり落ちる。唇に流れこんで、塩辛い。

しかし要は死ななかった。

真俊が、彼の喉から手を離したからだ。

要は激しく咳きこみ、草むらを転がった。酸素が急激に肺へ雪崩《なだ》れこむ。苦しい。息ができない。

咳きこみながら、嘔吐した。喉が焼けるように痛む。顔中が、よだれと涙と洟《はなじる》でぐしゃぐしゃだ。

そうして頭上から、真俊のあの声が——。

「おい！」

夢想を警官の声が破った。

要は手を止め、緩慢に振りかえった。

警官が苛立たしげに蛇口をひねり、水を止める。静寂が落ちた。

「もういいだろう。戻るぞ」

警官は顎で廊下を指した。要は白茶けた顔で、うなずいた。

冷えた廊下へ出る。突き当たりでは、一人の少女が女性警官と言い争っていた。

「違うよ。これじゃないって言ってるじゃん」

「あたし、こんなの絶対使わないからね」

ごねる少女に、女性警官があからさまに顔をしかめている。要は目をすがめた。少女の横顔に見覚えがあった。

――西野、沙理。

真俊の彼女だ。生理用品らしき箱を手に、女性警官にねちっこく絡んでいる。口調と裏腹な、その倦《う》んだ表情にも馴染みがあった。

不満の有無にかかわらず、彼女はああやって手あたり次第に因縁を付ける癖があった。多くの場合は真俊を待つ間のことで、標的は若い教師や女子生徒たちだった。そう、沙理にしてみたら、ただの時間つぶし――。

視線に気づいたか、ふっと沙理が振りむいた。

要と視線が合う。

一瞬にして、沙理の顔が歪んだ。沙理が駆けてくる。迫ってくる彼女の顔を眺めながら、ああそうか、と要は思った。

今日ばかりは、沙理は樋田くんでなく、ぼくを待っていた。ぼくが洗面所から出てくるまで、時間をかせぐ必要があったんだ。なぜって——。

沙理が、体ごとぶつかってきた。背後についていた警官さえ、咄嗟《とっさ》に反応できなかった。

要の胸に衝撃と、熱い痛みが広がった。

己の体を要は見おろした。ナイフの柄が、胸から不気味な角度で生えていた。

女性警官が悲鳴を放った。

警官たちが慌てて沙理に飛びつく。引き剝がした少女を、彼らが力まかせに床へ押し伏せるのを要はぼんやり見守った。

要は棒立ちのままだった。

眼下のシャツが、みるみる赤く染まっていく。くずおれるように、その場に膝をついた。

バタフライナイフだった。柄にいくつものホールが穿たれ、スリットから刃が見えるデザインだ。真俊が持っていたのと同じ型である。

沙理は厳重な身体検査はまぬがれたのかな。場違いなほど、要は冷静に考えた。それとも体内にでも隠し持っていたのだろうか。トイレにいたのはそのせいか。

「全部あんたのせいだ！」

押し伏せられながら、沙理は絶叫した。

「トシちゃん、最初はあたしに頼んだのよ！　ちくしょう、馬鹿にしやがって！　なんであたしがあんたのために、そんなことしなきゃいけないのよ！　だから断ってやったら、『わかった。それなら金で兄貴に頼む』って……」

語尾が嗚咽《おえつ》でぼやけた。

「まさか、本気だと思わなかった！　間抜けの隆司なんか、なにやらせたって失敗するに決まってるのに！　全部あんたのせいよ！　あんたのせいで、トシちゃんは死んだんだ！この……この人殺し！」

その刹那、要はすべてを理解した。

真俊の体にボウイナイフの刃を突き立てたのが誰か。そしてなぜ彼が死ななければならなかったのかを。

──樋田くんと、まともに言葉を交わしたことは、ほとんどなかった。

だが一目《ひとめ》でわかった。彼にはぼくが、ぼくには彼が必要だと。

あの日、要の喉から手を離した真俊は呻くように言った。

――もう、会えないのか。

と。

要は答えられなかった。

母の七枝は、驚くほど正確に素早く、彼ら二人の関係を理解した。これはただの暴力ではないと。お互いに望んだ濃密な時間なのだと、母親の勘ですぐさま察知した。

彼女は要のスマートフォンから入手した番号にかけ、真俊に告げた。

「息子には二度とかかわらないで」

「あの子は転校させます」

「あなただって公《おおやけ》にされたくないはずよ。まだ若いんだし、いまなら引き返せる」

録音された母の声は硬く、かすれていた。

要は翌週、校舎裏へと真俊を呼び出した。自分から呼び出すのははじめてだった。

スクールバッグの内ポケットに隠したナイフを、要はちらりと真俊に見せ、

「明後日、塾の帰りに、母の会社へ向かう」

とだけ言った。

真俊から、引き離されたくなかった。

女手一つで育ててくれた母への感謝はある。傷つけたくはなかったが、説得しきれないこともわかっていた。ならば母を、殺すしかなかった。

真俊は無言で手を伸ばした。スクールバッグからボウイナイフを抜く。代わりに彼は、自分のバタフライナイフを要に手渡した。

うなずきあい、彼らはそれぞれに帰途をたどった。

――樋田くんはあの夜、ぼくのアリバイを作る気だったのか。

ナイフを交換したのは、凶器の出所をくらますためだ。そこまではわかっていた。だが真俊はさらに一段、保険をかけようとしていたのだ。

要が入手したナイフで真俊が傷つけられれば、誰もが「いじめられっ子の反撃」だと思うだろう。おまけにナイフに付いているのは、要と真俊の指紋のみである。第三者の目に、要が真俊を刺す動機や機会は十二分にある。

沙理は真俊の思惑に気づき、拒んだ。代わりに真俊は異母兄に頼んだ。しかし土壇場で怖気づかれたか、もしくは渋られたのだ。

兄弟は揉み合いになり、ナイフの刃は真俊へと突き立った。

――樋田くんは、ぼくのせいで死んだ。

ぼくが殺したも同然だ。ぼくが死なせた。

要は微笑んだ。胸にわだかまっていた氷塊が、瞬時に溶けていくのがわかった。

ほかの誰かに殺させるくらいなら、ぼくが殺したかった。ずっとそう思っていた。だが真実がわかったいま、憂いはなにひとつなかった。

胸に突き刺さったバタフライナイフを見おろす。

彼とお揃いを買ったのか。健気なことだ――。要は沙理を見て笑った。

だが本物の真俊のナイフは、母の死体の傍らにある。母と一緒に発見されるはずだ。こんなナイフ、しょせんは偽物だ。たとえ自分の胸に突き立っていようとも。

満ち足りて、要は目を閉じた。


木内は要に駆け寄った。

「目を開けろ、おい、しっかりしろ」

無意識にか、ナイフを引き抜こうとする少年の手を慌てて止めた。抜いたなら、間違いなく出血多量で死ぬ。一一九番通報はすでに為されたはずだ。しかし、救急車が間に合うかは危うかった。

「意識をしっかり持て。大丈夫だ、助かるぞ。きっと助かる」

少年がうすく目を開けた。

ほっとして木内は「いいぞ、そのまま――」と言いかけた。要の唇がかすかに震え、ひらいた。

「……でも、いい」

「え?」

「……ぃんで、も……いい……」

うまく聞こえなかった。木内は少年の口に耳を寄せた。

「どうした？　なにがいいって？」

しかし背後から起こった沙理の叫びが、彼らの声をかき消した。

沙理は怒号とともに、少女とは思えぬ力で警官たちを跳ねのけた。そして要に駆け寄った。

要めがけて、沙理は両腕を振りおろした。

その手に握られた見えない刃が、ふたたび要の胸を貫くのを、木内は確かに見たと思った。

ママがこわい

「ママ友トラブルなんて、ドラマの中だけだと思ってたわ。自分の身に起こるなんてびっくりよ。ほら見て、ストレスでおでこが吹き出物だらけになっちゃった……」

娘の梨央《りお》が、妻に向かって声高に嘆いている。

ソファで朝刊をめくりながら、秀行《ひでゆき》はそ知らぬふりでそれを聞いた。

今日は木曜で、秀行が院長を務める『若竹《わかたけ》歯科医院』は休診日である。娘は可愛いが、せっかくの休日の朝を愚痴の相手に費やしたくはない。聞こえていないふうを装い、窓の外へと顔をそむける。

しかし妻の声は、梨央に輪をかけてきんきんと響いた。

「ああ梨央ちゃん、かわいそうに。そんな人に付きまとわれるなんて、ほんとうに運が悪いわね。園長先生もしっかりしてほしいわ。これじゃあ、高い寄付金を払ってる甲斐がないじゃない……」

妻がため息をつく。憤然と梨央が言う。

「園長先生にはがっかりよ。綺麗ごとばかり並べたてて、なにもしてくれないんだもの。頑張ってくれてる担任の先生が、つくづくお気の毒」

梨央は二十三歳で結婚し、二十五歳で息子の洸《ひかる》を産んだ。以来、別人のように実家べったりになり、「洸が風邪をひいた」、「夫と喧嘩しちゃった」、「夕飯の献立レパートリーが尽きた」と言っては妻を頼ってくる。

もっとも、変わったのは梨央だけではなかった。

妻は長らく、長男の雅行《まさゆき》びいきだった。いま大学病院歯科に研修医として籍を置く雅行は、幼い頃から優等生で妻の自慢であった。

その妻がいまや掌《てのひら》をかえし、明けても暮れても「洸ちゃん、洸ちゃん」だ。洸を産んだ梨央にいたっては、聖母さま扱いである。まったく初孫の威力とは恐ろしい。家庭内にできあがっていた勢力図を一瞬でひっくり返してしまう。

――まあ、おれだって人のことは言えんがな。

秀行は自嘲した。

妻に負けず劣らず、彼だって孫にはでれでれだ。クリスマスはネットオークションで大枚をはたき、五月の節句は大鎧付きのいちばん高い兜《かぶと》を買ってやった。洸は文字どおり、若竹家の掌中《しょうちゅう》の珠《たま》であった。

――その洸が通う幼稚園に、あんな女がいたんじゃあな。嘆くのも無理はない。

胸中で秀行がつぶやいたとき、梨央が勢いよく振りかえった。

「ねえパパ、パパだってそう思うでしょ？　園の運動会に来てくれたとき、パパもあの人を――安東《あんどう》さんを見たわよね？」

「え……、ああ。うん。見たよ」

突然水を向けられ、秀行はもごもご答えた。

確かに見たし、会った。梨央の言うとおりの女だった。声が大きく、押しが強く、なにより我が強い。覇気のない亭主と怪獣のような双子を引き連れ、園の運動場を肩で風切ってねり歩いていた。

だから梨央が愚痴を言いたてる気持ちは、じつを言えばよくわかる。秀行の脳裏にもはっきりと情景が浮かぶ。

安東亜沙美《あさみ》はまったく、トラブルメイカーとしか言いようのない女であった。

＊　＊

梨央の亜沙美に対する第一印象は、「可もなく不可もなく」だった。

もともと梨央は人当たりのいい人間だ。地元では名の知れた歯科医院長の長女として生まれ、何不自由なく育った。女子大を卒業してすぐに見合いし、順調に妊娠して洸を産んだ。

両親や夫はもちろん、義両親や友人からもきつい悪意を浴びた経験がなかった。周囲はみな品がよく、おっとりした人たちばかりだった。

洸を幼稚園に入れ、新たな交友関係が広がってからもそれは変わらなかった。否《いな》、変わらないはずであった。

幼稚園は、梨央自身もかつて通った私立の園である。保護者からの多額の寄付や、ＰＴＡをはじめとする無償奉仕を当然とする気風だ。どの家庭も、それを承知の上で通わせている。

ママ友のほとんどは梨央と同類だった。幼い頃から裕福で、苦労を知らず、だからこそ優しく穏和だった。

トラブルなど無縁であった。ただし洸が年中組に進級して、安東亜沙美の子が入園してくるまでは——だ。

——あ、この人ちょっと苦手かも。

梨央がはじめてそう感じたのは、至近距離の真正面で亜沙美が口をひらいた瞬間だ。

赤いリップにつやつやといろどられた唇の奥は、銀歯だらけであった。おまけに口臭がひどかった。手入れの悪い入れ歯をはめた老人の臭いがした。

しかし梨央は、臭いと思った己をただちに恥じた。歯科医の娘だから、つい辛い採点をしてしまうのだと自分に言い聞かせた。

だが押し殺さずともよかったのだと、梨央が知ったのはわずか半月後だ。

ＰＴＡ活動の打ち合わせは、毎月十日である。打ち合わせの帰りに、梨央は仲のいい母親二人とランチをとるのがお決まりだった。

店はフレンチ、イタリアン、懐石などだ。どの店も子連れ不可が暗黙の了解であり、だからこそ気に入っていた。店のほうでも彼女たちを常連と見なし、それとなく便宜をはかってくれた。

そのランチ会に亜沙美が飛び入り参加したのは、今年の春先だ。

「あのう……、安東さんが、みなさんと仲良くなりたいんですって」

亜沙美の押しに負けてしまったママ友は、そう言って気弱に微笑んだ。

梨央たちはむろん、亜沙美をこころよく迎えた。しかし亜沙美はドレスコードどころかロングＴシャツにデニムで、おまけに園児の双子を連れてきた。

その日予約したフレンチは、子供用メニューなどない完全に大人向けの店だった。とはいえシェフもギャルソンも、最大限に気を遣ってくれた。

だが肝心の亜沙美は、コースメニューを出されるなり目を剝《む》いて怒鳴った。

「ねえちょっと。子供のために野菜はこまかく切ってくれなきゃ困るわよ。あ、うちの子アレルギーだからデザートは果物抜いてよね。ちょっと、メニューに魚？　骨があるってことじゃない、しーんじらんない！　子供の喉《のど》に刺さったら、おたくで治療費出してくれるんでしょうね！」

　つばが派手にテーブルクロスへ散った。

　梨央たちがなんとかなだめ、シェフが「お子さま用の料理をご用意します」と約束したあとも、亜沙美の舌鋒《ぜっぽう》はおさまらなかった。

「なにこれ、盛りがすくなーい！　貧乏臭いわあ」

「どれもこれもぼやけた味ね。ウスターソースないの？」

「え、肉これっぽっち？　しょぼい！　ぼったくりじゃない！」

　双子のしつけもひどいものだった。彼らは皿に手を突っこみ、料理を粘土のようにこねまわし、カトラリーでグラスを叩きまくった。

　その双子に負けぬ大声で、亜沙美はギャルソンにがなりつづけた。

「うちの子はアレルギーがあるの、繊細で過敏なの。わかったら、もっと気を遣ってちょうだい。あ、そこのあんた、ぼさっとしてないでこの子の口を拭いてあげてよ。やだもう、ただれちゃったじゃない、どうしてくれるのよ」

　双子たちの口のただれが入園当時からであると、梨央もママ友たちも知っていた。だがとうてい制止できる空気ではなかった。

　首をすくめて梨央たちはちいさくなっているしかなかった。恥ずかしくて、穴があったら入りたかった。

「お水じゃなく白湯にしてよ。あ、ジュースに氷入れないで」

「おしぼり一つじゃ足らないわ。あんた、いい歳して子供育てたことないの？　あるんだったら、子供がすぐこぼすってことくらいわかるよね。はぁ？　おつむ大丈夫？　想像力ってもんがないの？」

　そこにいたって、さすがに奥からマネージャーが飛んできた。

　亜沙美はマネージャーにまで嚙みついた。

「ねえあんた、従業員の教育なってないんじゃない？　なんでこんな使えない店員ばっか置いとくわけ？　気分悪い店ねえ。まさかこれでお金とる気？」

「あのですね、お客さま……」

「金とる気かって聞いてんの！」

　亜沙美が立ち上がり、床を踏み鳴らす。双子たちも大喜びで母親の真似をした。靴底が床を叩く音が、フロアに響きわたった。

　店じゅうの客が、目をまるくして亜沙美たちを見ていた。

梨央は身を縮めながら、自分たちのテーブルを眺めた。床のまわりは双子の食べこぼしでべたべただ。テーブルクロスも染みだらけである。カトラリーで叩かれたグラスや、食器の縁があちこち無残に欠けていた。

「今日はお代はいただきませんので」

と平身低頭するマネージャーを、

「いえそんな。払います、払いますから」と梨央は押しとどめた。

正規の料金はもちろんとして、食器やテーブルクロスの弁償もしなくてはなるまい。しかし梨央を後目《しりめ》に、亜沙美は勝ち誇ったように叫んだ。

「お好きにどうぞ。あたしは払わないからね！」

以後、梨央は二度とその店に入れなかった。出入り禁止になったわけではない。恥ずかしくて顔を出せなかったのだ。

打ち合わせ帰りのランチ会も、誰から言うともなく自然消滅した。また亜沙美に嗅ぎつけられ、付いてこられたらと思うだけで気が沈んだ。

梨央は亜沙美をできるだけ避けた。あたりさわりなく挨拶だけを交わし、すぐに早足で去るよう心がけた。

人なつこい亜沙美は、入園してしばらくはママ友の輪に囲まれていたようだ。だが一箇月もすると、彼女に近寄る者は絶えた。お上品なママ友たちは陰口ひとつ言わず、無言で彼女から距離をとった。

　梨央がふたたび亜沙美の醜態を目にしたのは、初夏に入ってからだ。

　そのホームパーティは日曜の正午に開催された。

　主催者の〝詩《し》音《おん》ちゃんママ〟は、いわゆる駐在妻として数年アメリカにいただけあって、ホスト役が堂に入っていた。

　この日は当然、子供同伴の集まりだ。夫婦揃って参加する家もすくなくない。

　園関係のホームパーティは、会費代わりになにかしら一品持ち寄るのが決まりである。デパ地下のローストビーフやミートローフ、サラダにお寿司、サンドイッチなどが定番だ。ワインを持ってくる者もいるし、有名店のケーキや予約限定の焼き菓子、旬のフルーツも人気がある。

　安東亜沙美は意気揚々とパーティにやって来た。彼女はスーパーの『¥２９８』の値札が付いた肉団子を一パックだけ持参し、園児の双子だけでなく、小学生の長男と夫まで引き連れていた。

「……誰か安東さん、呼んだの？」

　梨央は声をひそめ、脇に立つママ友たちにささやいた。

「さあ。招待されたとは聞いてないけど……」

「でもまさか、門前払いってわけにいかないものねえ……」

皆の眉が曇っていく。

「と……ところで洸くんママは、キッシュ焼いてきてくれたんだ？」

ママ友の一人が、笑顔で話を切り替える。

ほっとして梨央は応じた。

「そうなの、前に好評だったから調子にのっちゃって。こっちが三種の茸《きのこ》とベーコンで、手前のが芝海老《しばえび》とアスパラガスのキッシュ」

「洸くんママのは、チーズたっぷりで美味しいのよねえ」

「どうしよう。また太っちゃう」

きゃっきゃと笑いあっていると、背後から肩を摑まれた。亜沙美であった。

「手づくりだって？　やだあ、しみったれてんのねえ。お金がないわけでもないくせに、なにをケチケチしてんのよ」

嘲笑われて、思わず梨央はむっとした。

横からママ友が慌てて取りなす。

「そんなことないわ。手料理の持ち寄りって素敵よね」

「そうそう、第一、洸くんママのキッシュはプロはだしよ」

「……へーえ」

ふんと鼻を鳴らして、亜沙美が離れていく。

梨央はその背中を見送ってから、ママ友たちと顔を見合わせてため息をついた。

その後も亜沙美は、あちこちの料理にケチをつけて歩いた。罵言を吐きちらしながら、そのくせ誰よりもよく食べた。

「うちの子アレルギーで、フルーツ全般駄目なのよう。だから代わりにケーキをちょうだいね」

そう言いながらケーキを全種類、「家族のぶん」と五個ずつさらっていった。そのくせ「炭水化物は太るのよ」と寿司からネタをつまみ取り、ピザの具だけをこそげとって食べた。

安東家の子供たちにいたっては、〝食べる〟というより〝がっつく〟という表現がふさわしかった。双子たちはサンドイッチを一口ずつかじっては大皿に戻し、ケーキのクリームを全部舐めとった。長男は野菜がすこしでも口に入るたび、「おえぇっ！」と大げさな声をあげて吐き出した。

その横で亜沙美の夫は、ひたすら高いワインをがぶ飲みしていた。開始から一時間も経つと、ソファにひっくりかえって大いびきをかきはじめた。

亜沙美はそんな家族の醜態には目もくれず、

「ねえ、このアイスクリーム誰が持ってきたの？　いくらしたの？」

「ローストビーフはどこの？　高かった？」

と値段を訊いてまわっていた。

彼女は苺《いちご》が一粒千円するお取り寄せ品と知るやいなや、

「やだあ、それを早く言ってよ」

と苺を三個いっぺんに摑み、「ほら、もとを取りな」と長男の口へ押しこんだ。アレルギーじゃなかったの？　と訊く気力は、もはや誰にもなかった。

梨央が焼いたキッシュも、気づけばほとんどが彼女の胃に入っていた。

亜沙美はチーズの脂で唇をぎらつかせ、

「へえ、素人料理にしちゃいけるじゃん。梨央ってば、顔に似合わず器用なのね。もっとどんくさいかと思ってた、あははは」

と笑った。梨央は耳を疑った。いきなり呼び捨て？　どんくさいですって？　反論したかったが、飲みこんだ。

室内にはなんともいえぬ雰囲気が満ちていた。

安東家以外の子供は親にしがみつき、怯えた顔で彼らをうかがっている。親たちは帰るべきか、それともホストの顔を立てて残るべきかと無言で目を見交わしていた。亜沙美の夫がたてる大いびきだけが、無情に響いた。

空気を変えようと声をあげたのは、ホストである詩音ちゃんママだった。

「み――みんな、お腹もいっぱいになったみたいね。じゃあお庭に出て遊びましょうか。主人がＤＩＹで、ブランコとすべり台をつくってくれたのよ」

だがその申し出で、場が持ちなおすことはなかった。むしろ逆効果だった。

安東家の子供たちは、はじめて見る広い庭と遊具に大興奮だった。独占しようと、遊具にむらがる他の子を叩き、蹴りつけた。見かねた親がわが子をかばって立ちはだかると、大人にさえ殴りかかった。

「安東さんはどこ？　この子たち、手に負えないわ」

探したが、亜沙美は庭から姿を消していた。

数分後、亜沙美は屋敷の奥で見つかった。トイレに行くふりをして、冷蔵庫をあさっている現場を取り押さえられたのだ。

「だって飲み物足らなかったしい」

「なにさ、ホストの代わりに気ぃ利かしてあげたんじゃない。人を泥棒扱いしちゃって。むかつくわあ」

と亜沙美はまるで悪びれなかった。

しかもこのパーティには後日談がある。安東一家を帰したあと、詩音ちゃんママが納戸を確認すると、トイレットペーパー、生理用品、洗剤等のストックが二割ほど消えていたのだという。おまけに化粧水のボトルと砂糖壺が空になっていたそうだ。

「通報？　まさか。どれも警察沙汰にするほど高価なものじゃないし……。よけいなことをして、安東さんと繋がりができちゃうほうが怖いわ。でも、ごめんなさい。うちでもうホームパーティはできないと思う」

睫毛《まつげ》を伏せた詩音ちゃんママを、

「いいのよそんな、気にしないで」

と梨央は慰めることしかできなかった。いや、正確に言えばそれ以上の余裕がなかった。パーティの日を境に、やたらと亜沙美がまとわりついてくるようになったからだ。

「うちの子がグラタン食べたいって言うのよ。梨央、料理自慢だもんねえ？」

「キッシュが焼けるならグラタンなんて楽勝でしょ。六時までにつくっといてよ。取りに行ってあげるから。五人分ね」

「は？　できない？　なんでよ、意味わかんない。うちの子がお腹すかせてんのに、かわいそうだと思わないわけ？」

「うわあ冷たいんだあ、若竹歯科医院の娘はひどいやつだって、ネットで言いふらしてやるからね」

「あーはいはい。聞ーこーえーなーいー。いいからあんたは、黙ってつくりゃいいんだよ。素直に言うこときかなかったからワンペナね。取りに行ってやろうと思ったけど、あたしん家まで届けること。六時厳守よ」

「一分でも遅れたら、あんたの子供、うちの子たちにいじめられちゃうかもね」

最後の言い草には、さすがに梨央の顔いろが変わった。

亜沙美は敏感にその反応を読みとった。しまった、と思ったときには遅かった。

以来、なにかと言えば亜沙美は、

「洸くんっていじめられそうな顔してるよね」

「親がどんなに気をつけていても、子供同士のアクシデントなんて、起こるときは起こるもんよねえ。怪我しちゃったらかわいそう」

と、聞こえよがしにうそぶくようになった。

悪意に免疫のないお嬢さま育ちの梨央は、そのたび蒼白になった。反応を面白がられているのはわかっていた。だが子供がらみで脅されては、とても平静でいられなかった。

たまりかねた梨央は、園長に亜沙美の所業を報告した。

いやらしい話だが、梨央も兄もこの幼稚園の出身だ。親の代から寄付は欠かしていない。園のために長年貢献してきたつもりだった。

だが案に相違して、園長は煮えきらなかった。

「はあ……。でもそれって、親御さん同士のトラブルでしょう？　子供たちに皺寄せが行くのはどうかと思うんです。退園だのクラス替えだのって、そんな大げさな……。子供の未来に影響することは、もっと慎重にならないとねえ」

梨央は気色《けしき》ばんだ。

「親同士のトラブルですって？　誤解です。わたしは安東さんになにもしていません。一方的に迷惑をかけられている側なんですよ」

しかし園長はのらりくらりと逃げつづけた。

「その点は承知しております。ですが即退園勧告というのは、やはり現実的じゃありませんよ。わたくしの一存で踏み切れる事柄でもないでしょう。ましてやこの中途半端な時期に、子供たちがスムーズに転園できるかどうか……」

梨央は詰まった。確かに転園が容易な時期ではない。子供のことを前面に出されると、強くは言えなかった。

梨央のためらいを見てとって、園長は机に身を乗りだした。

「大丈夫。もちろん園のほうから、安東さんには重々ご注意しておきますよ。自分のお子さんについては親御さんがみてください、とね。ですからこの場は、わたくしに免じてひとつ……」

安東家の双子の入園が、議員がらみの推薦だったと風の噂で聞いたのは、その後のことだ。

園長の確約はなんの効力もなかった。すこしも亜沙美はおとなしくならなかった。それ

どころか、

「自分のお子さんは親御さんがみるのが基本ですよ」

「元気がよすぎるお子さんのようですから、お目配りをお願いします」

との諫言《かんげん》を逆恨みした。

怒りは梨央と、直接注意をした担任の佐智子《さちこ》先生に集中した。

「園長にチクるなんて最低！　梨央、あんた中学生？　ガキみたいな真似しやがって、覚えてろよ！」

と亜沙美は、それこそ不良中学生さながらに喚いた。

佐智子先生に対しては、さらに苛烈だった。

「だいたい担任がだらしないからいけないんじゃない！　にやにやと猫撫で声で『だめよー、やめてねー』しか言わないデブなんて、子供に舐められて当然よ。元気がよすぎるのがいけないって？　一人も産んだことないくせに、えらっそうに！　あんないい加減な女に、うちの子供は任せられないわ！」

佐智子先生はぽっちゃりとして、見るからに穏和そうな独身女性だ。

園児にも保護者にも人気が高い先生だが、担任を持つのは今年がはじめてである。よりによって安東亜沙美にぶつかってしまうとは、不運と言うほかなかった。

「すみません先生。とばっちりでご迷惑を」

頭を下げた梨央に、佐智子先生は「いえ」と手を振った。

「わたしは以前から、安東さんのお気に召さないようでしたから」

残念ながら、それは真実だった。亜沙美は佐智子先生のようなタイプが本能的に嫌いらしく、

「ブタが視界に入るだけでいらいらする」

「ほんと田舎くさい顔してるわあ」

と日ごろから嘲笑していた。

実際の佐智子先生は、デブと謗《そし》られるほどの体型ではなかった。色白でふっくらと柔らかそうで、可愛らしいと見る保護者のほうが多かった。だが亜沙美は、

「平気でデブってられる女って、神経疑うわ」

「ブタ菌がうちの子に伝染《うつ》っちゃうから、担任替えてほしい」

とうそぶきつづけた。

一度〝格下〟もしくは〝敵〟認定した相手を、亜沙美はけっしてターゲットからはずさなかった。

さらに最悪なことに、梨央の恐れが現実となった。安東家の双子たちは、母親の影響で洸をいじめるようになったのである。

洸はおとなしく我慢強い子だ。しかししょせんは園児である。限界があった。

十回叩かれて一回洸が叩きかえすと、亜沙美は目を三角にして佐智子先生に怒鳴りちらした。

「この役立たず！　どうしてちゃんと子供を見てないのよ！　うちの子は繊細だって言ったでしょう。ああ見てよ、痣《あざ》になってる。どうしてくれるの！」

むろん痣などできてはいない。しかし亜沙美の気が済むまで、佐智子先生は職員室で延々と謝罪させられた。

一方、梨央はといえば、「訴えてやる！」とみんなの前で喚かれた。

「あんたの旦那、いいとこに勤めてるんだってね。名指しで苦情入れてやるわ。妻子の監督不行き届きだ。そんな男にまともな仕事ができるわけないってね！」

滅茶苦茶な言い分である。

しかし実際に、夫の会社には匿名のクレーム電話が入ったそうだ。担当部署があしらってくれたため大ごとにはならなかったが、

「困るよ、ママ友トラブルで会社に電話なんてさ。きみだって今日昨日、母親になったわけじゃないだろ？　もっとうまくやってくれよ」

と夫に眉をひそめられ、梨央はうなだれるしかなかった。

＊　＊

「あの人のあんな顔見たの、はじめてよ。自分が情けなかった……」

梨央が両手で頬を押さえる。

朝刊の陰から、秀行はしょんぼり顔の娘を眺めた。

無理もない、と思う。気持ちは痛いほどわかる。安東亜沙美がどんな女か、どんなふうに迷惑をこうむったか、情景がいちいち目に浮かぶ。

語り部の梨央が実の娘だからではなかった。

秀行自身が、安東亜沙美をよく知っているからだった。

——こりゃあ、ばれたら大揉めだな。

心中の不安を押し殺すべく、彼は頬の内側を噛んだ。

じつは安東家の双子たちは『若竹歯科医院』の患者なのだ。そして亜沙美に、かの幼稚園を薦めたのも秀行であった。

「地元では一番の伝統を誇る幼稚園ですよ」

「園長の教育理念もしっかりしているし、豊かな情操教育で評判です」

「下世話な話かもしれませんが、最近は『制服が可愛い』なんていう理由でも人気らしいですな」

なかばは自慢だった。「転園先を探している」という亜沙美は、秀行の言葉に速攻で食いついた。

なぜ双子が転園しなければならないのか、秀行は訊かなかった。訊く気もなかった。

安東家の子供がろくにしつけされていないことはよく知っていた。院内で泣きわめき、暴れまわる鼻つまみ者の患者であった。治療しても治療しても虫歯が絶えず、歯磨きの習慣そのものがないらしい双子は、ある意味歯科医院の上客と言えた。

母親である亜沙美の口内環境もひどいものだ。しかし彼女は「あたしはいいの。大人だから」と言うだけだった。虫歯や歯肉炎が手遅れになってから、ようやく騒ぎ出す患者の典型像だった。

秀行が娘の口から「安東亜沙美」の名を聞いたのは、洸が進級してすぐのことだ。秀行が園の自慢をしてから、約三箇月後である。

――あの女に入園を薦めたのが、おれだなんて知れたらどうしよう。

おそらく、なじられる程度では済むまい。

実の娘に軽蔑され、妻に詰られ、下手をしたら孫に二度と会わせてもらえなくなるかもしれない。

いや大丈夫だ、黙っていればわかるはずがない――。

秀行は自分に言い聞かせた。しかし、朝刊を握る手は無様に震えた。

かたわらで梨央が涙ながらに言う。

「園長先生ったら『ひとまず穏便に』、『問題が大きくなれば、両家とも退園にしなければならないかも』なんて言うのよ。つまりこれ以上騒ぐなら、わが子のためにならないぞって意味よね。体《てい》のいい脅しじゃない。安東さんといい、園長の態度といい……こんなの、子供を人質に取られているも同然だわ」

さらに数箇月が過ぎた。

事態は収束するどころか、悪化の一途をたどった。

梨央は不眠と頭痛を訴えるようになった。洸は夜尿癖がぶりかえした。余波を受けてか、秀行の妻はささいなことでヒステリックになった。そこへ加えて、なぜか長男の雅行までもがむっつりと不機嫌だった。ここ一年ほど雅行の態度はよろしくないままだが、さらにひどくなった。

「あいつはなにか、悩みでもあるのか？」

秀行がそう水を向けても、娘のトラブルにかかりきりの妻は、「さあ」と生返事をするだけだった。

「さあって、それはないだろう。雅行はいずれこの医院を継ぐ身なんだぞ。いつまでもあんな調子でいられたんじゃ困る。大学病院ではちゃんとやれてるのか」

「そんなの、ご自分で訊いてくださいよ。こっちはそれどころじゃないんです」

若竹家は重苦しい空気に包まれつづけた。

だが時の流れは容赦なく、恒例の親子遠足の時期がやってきた。

遠足の前々日、実家を訪れた梨央は、

「心配してたとおりだわ、安東さんったら今日になってすり寄ってきて、『わかってるだろうけど、うちのぶんもお弁当を用意しといてよ。もちろんおやつもね。あたしと双子の三人ぶんよ』ですって……」

そう言ってげんなりと肩を落とした。

「あの人の言い草ったら、『ご飯は食べやすいよう、おむすびにして。梅干しと昆布はうちの子が嫌いだから却下ね。冷凍の揚げ物も却下。筑前煮だのひじき煮だのも婆くさいからやめて。そういやあんた、去年はアップルパイなんか焼いてきたんだって？　うちの子にはフルーツ食べさせないようにしてるから、それも却下ね。チョコレートケーキがいいわ。あ、多めに焼いたっていいわよ、余ったらあたしが食べてあげるから』ですって。……まったく、どうかしてるわ」

「それで、梨央ちゃんはなんて答えたの」

おろおろ声で妻が問う。

梨央は眉間に皺を刻みこんで、

「もちろん断ったわよ。でもあの人はすごい剣幕で……。『はあ？　どうせあんたん家の弁当はつくるんでしょ？　だったら余分につくって、分けて詰めりゃいいだけじゃない。手間は一緒でしょ。あたしん家とあんたん家で別々につくるより、全然省エネじゃん。エコじゃんか』なんてまくしたててくるの」

　顔を片手で覆う。

「おまけに、あの人の口臭が正面からむっと臭って……。わたしったら、思わずいやな顔しちゃったの。それがよけい安東さんを怒らせてしまったみたい」

「よけいって……。それ以上、なにかされたの？」

「いえ、わたしはまだいいのよ。ぎゃあぎゃあ喚かれたけど、彼女はすぐ離れていっちゃったから。――問題は、クレームが佐智子先生に飛び火しちゃったこと。先生に『子供にはお母さまのお弁当が一番ですよ』とたしなめられて、安東さんったら『そんなこと言うならあんたが責任とりな！　担任なんだから母親も同然でしょ！　あんたが責任持ってうちの子の面倒みなよ！』と怒鳴りつけたんですって」

　梨央の頬は青ざめていた。

「結局園長先生の仲裁が入って、今回だけ佐智子先生がお弁当を用意することになったらしいわ。もうわたし、先生に申しわけなくて……」

　語尾が力なく消えた。

　うつむく梨央の背を、妻が慰め顔で撫でる。

秀行は聞こえないふりをするのが精一杯だった。真横のソファでは、お昼寝中の洸が安らかな寝息をたてていた。

二日後、親子遠足は予定どおりおこなわれた。梨央に「一人じゃ心細い」と乞《こ》われ、秀行の妻もついて行った。

秀行が医院を閉めて帰宅したのは、午後八時過ぎだ。

リヴィングに入るなり、彼は目を剝いた。

「どうしたんだ」

お通夜のような顔をした妻と梨央が、電灯も点けずに座っていた。

二人の話によれば、遠足は予想どおり――いや、予想を超えたさんざんな結果に終わったという。

佐智子先生は約束どおり、亜沙美と双子のぶんもお弁当をつくってきた。さすがにケーキは無理だったが、リクエストに応えるべくブラウニーまで焼いてきたらしい。

亜沙美はホームパーティのときと同様、文句たらたらながらもよく食べた。双子たちも、おむすび、唐揚げ、玉子焼きと夢中で食べていた。

そんな彼らを横目に、梨央が持参のお重を広げた瞬間、悲劇は起きた。

目ざとい亜沙美はその機会を逃さなかった、彼女はおむすびを頰張っている双子の尻を

叩いて、

「行け！　やっちゃえー！」

と、梨央一家を指さしてけしかけた。双子は梨央たち目がけて襲いかかると、敷物に広げたばかりのお重をためらいなくひっくりかえした。こぼれた稲荷寿司や出汁巻き玉子を、彼らは笑いながら蹴り、泥靴で踏みつけた。

梨央も妻も数秒の間、呆然としていたという。

われにかえったのは亜沙美の高笑いが響き、洸が顔を覆ってすすり泣きはじめてからだ。

双子は調子づいたのか、他の家をも襲いはじめた。あちこちで弁当が台無しにされ、悲鳴と泣き声が湧いた。

佐智子先生は副担任とともに駆け、双子を取り押さえようとした。しかし片割れの肩に手をかけた途端、

「うちの子になにすんのよ！」

先生は、火の出るような亜沙美の平手打ちを食らったらしい。

「それで、ひ……洸は？」

おそるおそる秀行は問うた。

梨央が顔もあげずに答える。

「泣き疲れて、二階で眠ってるわ。無理ないわよ。大人のわたしたちだって、つくづくうんざり……。申しわけないけど、パパ、今日はうちに泊めてちょうだい。洸を起こすのはかわいそうだし、わたしも今日はもう、なにもしたくない……」

娘の両目の下には、どす黒い隈ができていた。

「あ、ああ」

秀行は急いでうなずき、早足でリヴィングから退散した。

良心が激しく疼《うず》いた。しかし、かけられる言葉はなにもなかった。

その後も梨央の目の下の隈は、消えるどころか日に日に濃さを増していった。

「また園から呼びだされたわ。あの双子が、今日も洸を叩いたって……」

「ほかの子も、叩かれたり噛みつかれたりしてるようなのよ。なのに園長ったら、悪評が広まるのが怖いんでしょうね。こっちに口止めするばっかり」

「佐智子先生だってかわいそうよ。すっかり痩せちゃって、顔いろも悪いし……」

「双子の退園を求める署名活動がはじまったみたい」

「洸ったら、幼稚園に行きたくないって泣くのよ」

「佐智子先生が園の洗面所で吐いてたらしいわ。ストレスよね、お気の毒に……」

「眠剤を処方してもらったけど、効かなくて」

「寄付金の振込用紙が届いたけれど、今年は迷ってるの……」

一連の騒動が収まるまで、秀行はなるべく梨央に会わぬよう、休日にあれこれと理由をつけて外出した。

梨央や洸の顔を見るたび、罪悪感で胸がちりちり痛んだ。彼としては一刻も早く、嵐が過ぎ去ってくれるよう祈るほかなかった。

祈りが聞き届けられたのかどうか。

ある日、事件は起こった。

洸がついに、安東家の双子に怪我をさせられたのだ。園庭のすべり台から突き落とされての事故だった。洸は左鎖骨を折る重傷を負った。

「もう我慢できません。これ以上は無理です」

梨央は唇をわななかせ、その場で園長に退園を申し出た。引きとめられたが、振りはらって帰宅したという。

「後悔してないわ。すぐ転園とはいかないだろうけど、これでさっぱりした。しばらくは、洸と二人でのんびり過ごすことにする」

そう笑った梨央の顔は晴れやかだった。

佐智子先生も退職願を出したらしい――。そう耳にしたのは、数日後のことだ。

洸がすべり台から突き落とされたとき、ちょうど彼女は補助の先生に任せて席をはずしていた。亜沙美はそれを「無責任」と激しく糾弾し、非難した。

佐智子先生は謝罪の上、退職願を提出したそうだ。

「逃げるが勝ちよ。あんな人とまともにやりあったって意味ないもの。こっちの傷が浅いうちに逃げるしかないの。佐智子先生は、さすがに賢いわ」

梨央は悟ったような顔つきで言った。


やわらかな午後の陽射しが、窓ガラス越しに射しこんでいる。

秀行は愛用のリクライニングソファに腰かけ、優雅な休日を楽しんでいた。かたわらのテーブルには濃く淹れたコーヒー。水をやったばかりのドラセナの葉が、雫を弾いてつやつやと光っている。

「あなた、今日は出かけないわよね？」

心なしか化粧の濃い妻が、キッチンの棚を開けながら背中越しに言う。

「ああ」

秀行は生返事をした。

まぶたをおろす。ふわりと心地いい眠気がのぼってきた。駄目だ、眠っちゃいけない、と思いつつも、甘いまどろみにさらわれそうになる。

——五分くらいなら、寝てもいいか。

そう思った。

なにしろ、ようやく心労の種が消えたのだ。洸の退園が決まるまで昼寝どころではなかった。夜は悪夢にうなされ、丑三つどきに目を覚ましては寝つけぬ、睡眠不足の日がつづいた。

――だがもう安心だ。

眼裏に、ぼんやりと白い顔が浮かぶ。

色白でどこもかしこも柔らかく、けして美人ではないが男好きのする容貌と肢体。

――佐智子。

彼女が『若竹歯科医院』で歯科助手のアルバイトをしていたのは、いまから十年近く前である。

あの頃、短大を出たばかりだという彼女は、

「親の薦めで秘書科に進学したんです。でもやっぱり、子供相手のお仕事がしたくって。アルバイトでお金を貯めて、保育福祉の専門学校に入りなおす予定です」

と目を輝かせて語っていた。

歯科助手は衛生士と違い、覚えるべき仕事や雑務は多いものの資格はとくに必要としない。佐智子は持ち前の愛嬌と機転で、あっさりと職場に馴染んだ。

そうして半年と経たぬうち、秀行と佐智子は体の関係となった。

安東亜沙美がデブだブタだと誇った佐智子の体は、実際はじつに男心をそそった。むっちりと肌理《きめ》こまかで、肌に掌を置くと吸いつくようだった。

秀行は佐智子にのめりこんだ。関係は二年近くつづいた。

とはいえ不倫は不倫である。妻と別れる気など毛頭ない。そりゃあ睦言《むつごと》で、

「妻とはとっくに冷えきってる」

「離婚の話を進めてる最中なんだ」

「妻と別れられたら、すぐにきみを迎えに行くよ」

などとささやいたことは幾度もある。

だが真に受けるほうが馬鹿なのだ。お互い二十歳を過ぎたいい大人ではないか。既婚者相手の恋愛ルールくらい、心得ていてもらわねば困る。

秀行が別れを告げると、佐智子は度を失って泣きわめいた。

「悪いところがあったら直すから」

「なんでもするわ」

とすがってきたが、秀行は一蹴した。

女として一番美味しい時期を堪能させてもらった自覚はある。しかし悲しいかな、人間というのは飽きがくる生き物だ。どれほど脂ののった御馳走でも、二年も味わいつづけていればげっぷが出る。

　こっぴどく佐智子を捨て、秀行は家庭に戻った。

ちょうど娘の梨央が結婚したばかりだった。秀行は〝いい父〟を演じ、〝いい義父〟となり、やがて〝いいお祖父ちゃん〟の役目を担った。

非のうちどころのない人生だ、と秀行は思った。医院の運営は順調だし、娘はすんなり片付いてくれた。しかも婿は優秀。孫だって文句なしに可愛い。

　それが、まさか。

　——まさか洸の幼稚園で、佐智子と再会することになろうとは。

　秀行の知らぬ間に、彼女は幼稚園教諭となる夢を叶えていたらしい。保護者の中から秀行を認めるなり、佐智子はにやりと笑った。

　傍目には屈託のない笑顔だったはずだ。しかし秀行の目には、頬を歪めた嘲笑に映った。

　物陰で、秀行は佐智子を呼びとめた。

「なぜきみが、ここに」

「なぜって、この園の先生だからよ」

　佐智子は微笑した。久しぶりに会った佐智子は、女ざかりと言っていいほどに熟れていた。

「洸くんって可愛いわね。おとなしくて行儀がよくて、とってもいい子。先生の言うことをよくきいて、なんでも信じるお利巧さんな子だわ」

秀行の背を、冷や汗がひとすじ伝った。

「……おれの孫を、人質にとったつもりか」

「ふふ、よくおわかりね」

秀行は佐智子の腕を摑もうとした。だが佐智子は彼の手を難なくかわし、きびすを返して歩き去った。

——あの女を、追い払わねばならない。

秀行は心に誓った。

大事な洸の前から。おれの目の前から。

——あの女を辞めさせるか、もしくは洸を退園させなくては。

しかし梨央も妻も、この幼稚園には思い入れがある。よほどの理由がなければ、退園など承知するまい。

安東亜沙美を刺客として送りこもうと決めたのは、単なる思いつきだ。だが亜沙美なら、あの上品で平穏な園をぶち壊してくれるだろうとの確信があった。

秀行は知り合いの議員に頼んで、安東家を園に推薦してもらった。マージンはむろん、たっぷりと払った。

——それがまさか、ここまでうまくいこうとはな。

リクライニングソファでまどろみながら、秀行はほくそ笑んだ。

策略どおり、洸は退園。佐智子は退職した。本来ならばどちらか片方だけでよかったのだから、うまく行き過ぎたとも言える。

予想以上に安東一家のあくが強く、梨央たちまで精神的に追いつめられてしまったのは計算外だった。しかし、終わりよければすべてよしだ。

梨央はようやく、眠剤なしでも眠れるようになったらしい。洸はおねしょが止まり、落ち着きを取りもどしつつある。妻もすっかり安定したし、最近は長男の雅行までご機嫌だ。

――全部うまくいった。なにひとつ問題はない。

秀行は唇をゆるく吊りあげた。

その肩に、妻の手が置かれた。

「あなた、寝ちゃ駄目じゃない。そろそろ雅行が帰ってくるわよ」

「ああ……うん……」

揺り起こされて、秀行は唸った。

そうだ。今日は雅行のやつが、あれだったな。この格好で大丈夫だろうか。やはり昨日、美容院で白髪を染めておくべきだったか。

髪に手をやった。と同時に、チャイムが鳴った。

妻がスリッパを鳴らして玄関へ駆けていく。

インターフォンのモニタを見るまでもなかった。雅行だ。

玄関扉がひらく音がして、妻の弾んだ声が重なった。雅行がなにか応えている。スリッパの足音が、重なって近づいてくる。

リビングのドアが開いた。

まず笑顔で入ってきたのは妻だった。つづく雅行も、はにかんだ笑顔を浮かべていた。彼にうながされて、ワンピース姿の女が入ってくる。ふっくらと色白の頬。柔らかそうな四肢。

秀行は目を見ひらいた。

――佐智子。

リクライニングソファから、秀行は立ちあがれなかった。

全身の細胞が凍りついていた。呼吸すら、うまくできない。

恥ずかしそうに雅行が言う。

「父さん、こちらが、その……今日紹介したい女性だよ。佐智子さんだ。ああ、会ったことあるんだっけ？　そうなんだ。母さんも梨央も、彼女なら大歓迎だって言ってくれて……」

息子の言葉が耳を素通りしていく。手足が強張って動かない。

「彼女から聞いてるよ。職場でいろいろあったみたいだよね。でもそのおかげで、やっとぼくのプロポーズを受けてくれたんだ。仕事も辞めたことだし、憂いなく家庭に入ってくれるそうだ。終わりよければすべてよし、ってやつかな」

佐智子は雅行に寄り添い、目を笑みのかたちに細めている。

雅行は照れた顔でつづけた。

「じつは、順番が逆になっちゃったけど、彼女のお腹には……」

「まあ！」

妻が手を叩いた。佐智子が深ぶかと頭を下げる。

「すみません、結婚前にこんな。お恥ずかしいです」

「そんな、いいのよ。いまどきは当たりまえですものね。あなた、聞いた？　厄が落ちた途端、おめでたいことがこんなに重なるなんてねえ。嬉しい悲鳴とはこのことだわ。若竹歯科医院の三代目が、早くも決定よ」

頬を紅潮させて妻がはしゃぎだす。

佐智子は己の下腹部に手を置き、幸せそうに微笑んでいた。その双眸がまっすぐに秀行をとらえた。

言ったでしょう。佐智子の唇が動く。

――言ったでしょう。あなたの孫が人質だ、って。

ドラセナの葉先から、透明な雫がひとつ落ちた。

からたねおがたま

わたしが数十年ぶりにその町を訪れたのは、ひとえに「青江《あおえ》の叔父」の葬儀に出席するためであった。

道案内の看板が、ブロック塀に沿って要所要所に設置されている。方向を示す指のマークと『青江家式場』の文字が刷られた、いわゆる指さし看板というやつだ。

この案内がなかったなら、わたしは叔父の家にたどりつけなかったかもしれない。そう自嘲するほどに、幼い頃に見知った町は様変わりしていた。

昔はもっと道路が狭かった。舗装していない小路さえあった。建ち並ぶのは瓦屋根や茅《かや》葺《ぶき》屋根の古びた平屋ばかりだった。

だがいま目の前に広がる景色は、ひどく近代的だ。同時にひどく味気ない。

どこにでもあるような建売住宅に、画一的なコンビニエンスストア。大きな柿の木があった空き地には金券ショップが建ち、友達と通った駄菓子屋は月極駐車場になっていた。

駐車場を右折し、ゆるい勾配の坂をのぼる。

わたしの記憶では、数メートル先の一角は四つ目垣の古屋だったはずだ。斜め向かいには「花屋敷」と呼ばれる大きな家があった。家屋だけでなく庭も広大で、この季節ともなれば躑躅《つつじ》や山吹《やまぶき》や連翹《れんぎょう》が満開となり、視界いっぱいに色彩が溢れた。

だがいまは、四つ目垣も花屋敷もない。躑躅や山吹も咲いてはいない。

古屋があった土地には、二階建ての鉄筋アパートが建ったようだ。花屋敷はとり壊されたらしく『売地』の看板が立てられ、雑草の茂るがままに捨て置かれている。

城下町特有の細いくねくね道はすっかり区画整理された。

駅からの太い一本道が開通し、国道までまっすぐに繋がっている。利便性はさぞ高いのだろう。その代わり、情緒はきれいに排除されていた。

——ほんとうにここは、わたしの知っている町なのだろうか。

そんな疑いさえ兆してくる。

なかば無意識に、首もとへ手をやった。

黒いネクタイもスーツも、急遽《きゅうきょ》クロゼットの奥から引っぱりだしてきたものだ。どちらにも、樟脳《しょうのう》の匂いが染みついてしまっている。

頭上からは、とろけそうな春の陽光が降りそそいでいた。

晴れてくれたのはありがたい。だが、暑い。気温は二十度をゆうに超え、こうして歩いていると額に汗が滲んでくる。空の青が、目に痛いほど濃かった。都会では滅多にお目にかかれない、混じりけのない青だ。

看板にしたがって歩きつづける。ブロック塀の切れ目を左に曲がる。

途端、なつかしい板塀が視界に入った。

――ああ、ここだ。

記憶の扉がひらく。呼び覚まされる。

敷地の広い、平屋建ての屋敷。長くつづく黒板塀。塀の基礎には石垣が二段積まれ、右端が抉《えぐ》れたように欠けている。なにもかも記憶のままだ。わたしの知っている、青江家だった。

数寄屋門には門扉がない。両の柱には、それぞれ家紋の入った提灯が下がっていた。いちめん鯨幕が張られ、御霊燈の横に『告別式場』の看板が見える。

いまどきは田舎でも、めっきり自宅葬はすくなくなった。叔父本人が「セレモニーホールではなく、自宅で」と希望したのだそうだ。馴染んだ自宅から最後の旅立ちをしたい、との遺言であった。

庭先の受付で記帳を済ませ、わたしは屋敷を振りかえった。

なぜか、一瞬くらりとした。

歩いてきたせいだろうか、しかし熱中症になるほどの距離ではなかったはずだ——。そう思いながら目を閉じ、指で眉間を押さえる。

ふいに正面から、

「どうしたの、めまい？」と声がした。

うっすらまぶたをひらく。眼前に、喪服姿の女が立っていた。

数秒の間、わたしは女が誰なのか思いだせなかった。無言で目をしばたたいた。

しかし女が発した、

「悟郎《ごろう》ちゃん、おひさしぶり」

という台詞でようやく正体がわかった。

元義姉の、祥子《しょうこ》だ。

三十年以上も前、四年間だけ姉と呼んだ相手である。

当時はお互い小学生だった。父は十歳のわたしを連れ、義母は十二歳の祥子を連れて再婚したのだ。

父は、わたしの生母とは死別であった。一方、義母はすでに二度の結婚を破綻させていた。

わたしは眉間から手を離し、

「ひさしぶり、義姉《ねえ》さん」

とあいまいに微笑んだ。

離れている間に苦労を舐めたのか、ひさしぶりに見る祥子は、実年齢よりかなり老けていた。鬢《びん》に白いものが多く混じっている。頬の肉が削げ、口もとが歪んで、いかにも癇《かん》の強そうな中年女となっていた。

「義姉さんも来るとは思わなかったな」

「来ちゃいけなかった？」

「そうじゃないよ。意外だっただけだ」

わたしは苦笑した。

祥子はすこし目線を流して、

「青江の叔父さんは、いつもかわいがってくれたから――」

つぶやくように言った。

そうだったかな、と答えかけ、わたしは言葉を飲んだ。

当時の空気を思いだしたからだ。

父が祥子の母と再婚した途端、それまでやさしかった親戚たちは掌《てのひら》をかえしたように冷淡になった。訪ねて行っても居留守ばかり使われた。

「いつでも遊びに来ていいぞ」と言ってくれたのは、あの頃は確かに〝青江の叔父さん〟

だけであった。

ただし「いつでも来ていい」と口で言われただけだ。彼自身がわたしたちと遊んだためしはない。菓子を与えられたことも、小遣いをもらったこともなかった。だが祥子の言葉を、わたしは否定しきれなかった。彼女が叔父を〝唯一かわいがってくれた人〟と記憶していたとしても、無理からぬことに思えた。

すくなくとも彼は、甥と義理の姪を積極的に拒否しなかった。うちに来ていい、敷地内にいてもいいと許しをくれた。

その程度でも「やさしい」と思えるほどに、あの頃は誰もがわたしたちに冷淡だった。だからだろう。記憶の中の義姉は、いつも青江家近辺の風景を背にしている。

そんな望まれぬ再婚から四年後。

父は義母と離婚した。

離婚が成立するなり、親類たちの態度はふたたび変わった。もとのように、甘やかにやさしくなったのだ。

親戚付き合いは、いともすんなりと再開された。わたしと父は彼らに受け入れられ、共同体の一員に戻った。

かつての村八分の理由を口にする者はなかった。わたしも問わなかった。みな、そ知らぬ顔で日々を過ごした。まるであの数年間など、存在しなかったかのように。

「――義母《かあ》さんは、どうしてるの」

わずかにあいた沈黙に、わたしは問いを滑りこませた。

正確に言えば元義母だ。だがほかに、なんと呼んでいいのかわからなかった。

祥子は面食らったように、

「ああ、いまは施設」

と答えてから、「あ、誤解しないで」と付けくわえた。

「老人ホームと言っても、姥捨《うばす》て山なんて言われてるたぐいの施設とは全然違うのよ。ちゃんと何軒か見学して、安心して任せられるホームに決めたの。しっかりした施設でね。設備はととのってるし、職員だってやさしくて親切よ。民生委員さんも、ここなら大丈夫って太鼓判を押してくれたの。わたしみたいな素人が下手な介護をするより、よっぽど母のためになってるのよ」

「だろうね」

わたしはうなずいた。皮肉でもなんでもなく、本心だった。

だが彼女はそう受けとらなかったようだ。施設がどんなにいい場所か、いかに自分がいま介護に適した環境にないかを、さらに早口でまくしたてはじめた。

わたしはただ、うんうんとうなずいてそれを聞いた。

正直言って、そんな義姉が哀れだった。

思えば彼女は幼い頃から、絶えず他人の視線と評価と風聞にさらされつづけてきたのだ。

わたしは大学進学を機に、この県を離れて上京した。在学中は出版社でバイトし、卒業後は知人の紹介をきっかけにフリーライターへの道を拓いた。この町へ最後に帰省したのは、父の七回忌だ。以後は、盆にも正月にも帰って来はしなかった。

かつての実家はとっくに更地となっている。父や祖父母はもちろん、伯父伯母もすでに亡い。あちこち放浪をつづけ、わたしは根なし草のごとく生きていた。

だが洩れ聞いた話では、祥子は町を出ては戻り、出ては戻りの半生だったようだ。男を見つけて出ていき、別れては戻り、結婚を決めて出ては、離婚とともにまた舞い戻る——といったふうに。

その祥子の唇が、眼前でせわしなく動く。

「ねえ、悟郎ちゃんはいま、どんな仕事をしているの。そういえば、週刊××の記事、読んだわよ。週刊誌の仕事ってギャラがいいんですってね。忙しいの？　ねえ、携帯番号だけでも教えてよ」

祥子の口のまわりはやけに皺ばんでいた。葬儀という場に不似いな、真っ赤な口紅が唾液で剝げかけていた。

「さっき親戚の誰かが愚痴ってたわよ。悟郎ちゃんはなかなか腰を落ちつけないし、結婚する様子もなくて心配だ、って。ほんとうなの？　もういい歳なのにねえ」

「いやあ、まず相手から探さないと」

わたしは肩をすくめた。

祥子が目を細める。

「そうは言っても、いい人のひとりやふたりいるんでしょう」

「そんなことないよ。なかなか暇がなくて」

「時間なんて、その気になればいくらだって作れるじゃない。色恋沙汰ならなおさらよ。寝る暇だって削って会いに行くのが普通よ。ねえ、そろそろ子供が欲しい、なんて思わないの」

「そりゃ、考えなくもないけど」

「またそんな生返事して。悟郎ちゃんはいい男だし、昔から頭もよかったわ。いい大学を出たんだから、遺伝子を残さなきゃもったいないじゃない」

「はは」

思わず苦笑してしまう。

いい大学を出たから遺伝子を残せ、とはおかしな言いぐさだ。だがとくに反論はしなかった。祥子の詮索から、わたしはのらりくらりと逃げつづけた。

やがて実のない会話に倦いたのか、こちらの態度に嫌気がさしたのか、「じゃあ」と祥子はきびすをかえした。

「またあとでね、悟郎ちゃん」

喪服の衿《えり》からうなじが伸びていた。ふいにその白が、わたしの目を射た。妙に若わかしく、なまめかしい首すじだった。向きあっていたときの、萎《しな》びたような老けざまとは不似合いな――。一瞬、目を疑うほどの白さであった。

胸の底が、わずかに波立つ。

郷愁を呼び起こすざわめきだった。

――悟郎ちゃん、ほら。

遠い日の声が、鼓膜の奥によみがえる。

――ふふ、ここよ。

――ねえ。

読経の間も、その声は耳の内に居座っていた。

そっと視線をずらし、わたしは祥子の横顔をうかがった。だがやはり、そこに往年の面影はなかった。

かつての義姉は美少女だった。なめらかな頬に、桃のような産毛を光らせていた。なのに眼差しは大人びていた。こまっしゃくれた皮肉な笑みと、得体の知れぬ色香とを幼い体に共存させていた。

あの美少女とは似ても似つかぬ中年女が、いま眼前にいる。猿のように背をまるめて畳に座っている。

わたしがいっとき胸をときめかせた少女は、もはやどこにもいなかった。

だがその事実に、わたしはすこしも落胆しなかった。むしろ心の底から安堵した。

＊＊

読経が終わり、棺を乗せた霊柩車が火葬場へと向かう。

遺影を抱いた親族は、後続のバスに乗りこんだ。去っていく車群を見送り、わたしは会場を立ち去りかけた。

しかし、背後から呼びとめる声があった。

「悟郎ちゃん」

祥子だ。

応じたくはなかったが、まさか無視もできない。わたしは緩慢に振りかえり——その刹那、まためまいが襲った。

思わずふらついたわたしに、祥子が大げさな悲鳴をあげる。

「どうしたの、悟郎ちゃん」

「いや、どうもさっきから、おかしいんだ」

答えたが、語尾がぼやけた。

「この香りのせいかな。――なんだか、頭がくらくらする」

「ああ、生花がたくさん届いていたものね」

祥子はうなずいた。

「きっと百合に酔ったんだわ。見栄えのする花だからか、たくさん飾ってあったもの。慣れない人にはきつい香りよね」

「そうかもしれない」

答えながらも、わたしは胸中で訝しんでいた。

そうだろうか。この香りはほんとうに百合だろうか。全身にまとわりつくような、甘ったるくしつこい匂いだ。確かに嗅いだことがある。だが、百合の香りとはどこか違うような。

「……たぶん、疲れがたまっているせいだろうな」

疑念ごと追い落とすように、わたしはかぶりを振った。

祥子が体を寄せてくる。腕に手がかかった。

「すこし休んでいったらどう？　そういえば、すこし行ったところに静かなお店があるのよ。わたし、タクシーを呼んできましょうか」

「いや、なんだか頭痛もしてきたようだ。大事をとって、今日は帰るとするよ」

わたしは愛想笑いで、祥子の手をそっとはずした。

祥子が口を尖らせる。

「悟郎ちゃんったら、水くさい。ここでお別れなんていやだわ。せっかくひさしぶりに会うんだし、食事かお酒でも一緒にできるかと楽しみにしてたのよ」

「いやあ、はは」

「一杯やれば、気分もよくなるんじゃない」

祥子の誘いは執拗だった。だが「休みたい」と言い張って、逃げるようにわたしは彼女と青江家から離れた。


通ってきた道を、今度は逆にたどる。

指さし看板を後目に、さっきまでの景色を逆回しに進んだ。時間を巻きもどしているようで不思議な気分だった。

住宅街を抜け、バス停を通りすぎる。

十字路の青信号をわたった。いまどきめずらしい、古風な煙草屋の角を曲がる。道が目に見えて細くなっていく。

ああ、と思った。

このあたりは昔のままだ。駅から遠いせいで、区画整理をまぬがれたのだろうか。城下町特有の迷路じみた細い通りがつづく。嬉しかった。あやふやな記憶を頼りに、わたしはなおも歩を進めた。

懐かしい。不覚にも鼻の奥がつんと痛む。

いまより身長が三十センチも低かった頃、ハーフパンツと真新しいスニーカーで駆けまわった道だ。

ゆるい勾配の坂を下り、ふたたびのぼる。茂った枝葉の間から、春の陽光が射しこんできらめく。次第に緑が濃くなり、色みを深く増していく。

花が強く香った。

くらり、とした。

めまいがおさまった頃、目の前にあらわれたのは石段だった。長く、高い階段だ。目線をあげる。

はるか頭上に、古びた白木づくりの鳥居が建っていた。

やはりこの道順だった。わたしは胸の内でうなずく。記憶と寸分たがわぬ眺めに、思わず頬が緩む。石段の手すりに等間隔で立つ擬宝珠《ぎぼし》柱《ちゅう》も、彫りこまれた寄贈者たちの名も昔のままだ。

一段一段、踏みしめるように石段をのぼった。

高揚とは裏腹に、喫煙と不摂生で弱った肺が音をあげる。こんなにこの階段は高かっただろうか。そしてこんなにも傾斜がきつかっただろうか。

子供の足にはちょうどよかった段幅も、大人にとっては窮屈だ。のぼりづらい。ふくらはぎの筋肉が、音を立てて軋む。

ようやく最後の段に足がかかった。息を切らし、顎を上げて鳥居をくぐる。

途端に、全身が花の香に包まれた。

――この匂いだ。

確信した。やはり百合などではなかった。

ねっとりと鼻孔に絡んで離れないこの香り。南国の果実のように甘ったるく、くどくどしく、粘っこくまとわりついてくる匂い。

首すじに、熟れた陽射しが照りつけるのを感じた。

＊　＊

父と義母が再婚する前から、わたしは祥子を知っていた。

なぜって狭い田舎町で、彼女はひどく目立つ存在だった。洟《はなじる》をたらした垢抜けない子供たちの中で、別種の生きもののように浮きあがっていた。

　祥子はただ美しいだけではなかった。生意気なほどませて、はっきりと早熟だった。かもしだす雰囲気が、年齢と不釣り合いに艶《なま》めいていた。

　年かさの女は彼女を見ると、「ひねた子ね、気味わるい」と顔をしかめた。逆に男たちは、「将来が楽しみだな」と目を細めてにやついた。

　祥子は母親似だった。だがあの頃の母子は、すこしばかりタイプが違った。

　義母の滋乃《しげの》は、子供の目にも「色っぽい」と「だらしない」の境界線上にいた。身持ちの悪い女特有の、崩れた空気を全身にまとっていた。

　疎遠になった親類たちの中でも、とくに強い拒否反応を示したのは亡母方の祖父母だった。「娘の後がまが、よりによってあの女だなんて」、「あの母子と縁続きになるなら、今後の付き合いは断る」と、父に対してはっきり宣言したという。

「あの女」とまで名指しされた滋乃は、娘の祥子と同じく父なし子だった。

　十代の頃に売春で逮捕され、鑑別所を何度か出入りしたそうだ。成人後はずっと水商売をしており、二度離婚したあとも「男が切れない」ともっぱらの評判だった。

　誰にも祝われず、誰にも喜ばれぬ婚姻であった。

　以来、親類ばかりの狭い町でわが家は孤立した。

　親しかったはずの従兄弟たちには、露骨に避けられるようになった。面と向かって「悟郎ちゃんとは遊んじゃいけないって言われてる」と言った子さえいた。遊び相手も友達も、潮が引くようにいなくなった。

皮肉なことに、その疎外がわたしと祥子の距離を縮めた。そうして祥子は数すくない味方であり、かつ身内だった。幼いわたしの心が彼女に傾くのは、ごく自然ななりゆきだった。

いまでも思いだす光景がある。

咲き誇った桜が風雨に散り、葉桜となって緑を濃くしていく季節だった。

わたしと祥子は、神社の境内でかくれんぼをしていた。

――ふたりだけでかくれんぼなんて、つまらないよ。

わたしが言う。

――そんなことない。だって隠れるところ、こんなにたくさんあるじゃない。

そう言って祥子が笑う。

その息は薄荷《はっか》の匂いがした。当時の彼女の好物は板チョコ、とくにミントチョコレートだった。祥子が好んでいたバタ臭いパッケージを、いまでもまざまざと思いだせる。

――そんなもの、どこがおいしいの。

幼いわたしには理解できなかった。歯磨き粉の味としか思えなかった。だがそう訊くたび、祥子は小馬鹿にしたように笑った。

――まあ、子供にはわからないかもね。

白い歯の間で、ぱきん、とチョコレートが割れる。ミントクリームが流れ出る。

ゆっくりと桃いろの舌が動き、口内で褐色と薄緑とを混ぜあわせていく。少女の唇の隙間から、色彩が躍って覗く。

なぜだか、ひどく淫靡《いんび》だった。

あの頃のわたしは祥子の発声、目線、仕草のひとつひとつに魅せられた。チョコレート菓子さえ、彼女の異質さと神秘性を引きたてる小道具に思えた。

――かくれんぼしようよ、悟郎ちゃん。

薄荷の吐息で、祥子が嫣然《えんぜん》と微笑む。

わたしは小学四年生。祥子は六年生だった。本来ならば、かくれんぼなどして遊ぶ歳ではなかった。

祥子はなぜか神社の境内が好きだった。なにかと言うと「神社へ行こう」と誘ってきた。静かで、人目のすくない場所だったせいかもしれない。先にも書いたとおり、祥子と母親に白い目を向ける住民は多かったからだ。

だがその神社は、いわくつきの場所でもあった。

――あすこはこわいんて。

――神かくしにあった子ぉが、沢山《ふっとつ》いるんらて。

幼い頃から、年寄り連中にそう脅されてきた。だから子供たちだけで行ってはいけないのだ、と。

だが祥子は一笑にふした。

――馬鹿馬鹿しい。悟郎ちゃんたら、そんなの信じるの。やっぱり子供だね。

嘲《あざけ》りを、はっきりと白い片頬に浮かべた。

わたしは憤然とした。

「信じてるわけないだろ、馬鹿にすんな」そう怒鳴りかえし、恐れてなどいない証拠に、祥子の前を走って境内に向かった。

傾斜の急な石段を駆けのぼる。石づくりの鳥居をくぐり、鬱蒼と木々の茂る境内に足を踏み入れる。

春だった。あの日も境内は、むせかえるほどの芳香に包まれていた。この神社でしか嗅いだことのない香り。もったりと甘い、熟しきった果物のような香り。

――ようし、悟郎ちゃん。鬼を決めよう。

追いついた祥子が言う。

じゃんけんをした。わたしが負けた。不満だったがしかたがない。すぐ捕まえてやる、と思いながらしゃがみこみ、目を手でふさいだ。

いーち、にーい、さーん、しーい。歌うように二十数える。

もういいかい。

まあだだよ。

その返事に、もう一度、二十を数えなおす。

もういいかい。

もういいよ。

わたしは立ちあがり、藪に向かって走った。境内は広く、隠れる場所にはことかかなかった。だが祥子は一分と経たず見つかった。

彼女はしゃがんだ姿勢で、すぐ脇の立ち木に半身だけを隠していた。

――なんだい、もっとちゃんと隠れろよ。

そんなんじゃおもしろくないだろう。わたしは不平を言った。

祥子はにっと笑った。

――ごめんよ、許してよ。

わたしは首を振り、義姉の脛をかるく蹴った。

――だめだ、許さない。

これじゃすぐ終わっちゃうじゃないか。つまらない、と強い口調で言いつのった。

祥子の表情が、ふと変わったのはそのときだ。

――じゃあ、悟郎ちゃん。

――かくれんぼなんかより、もっと、ずっと、おもしろいこと教えてあげる。

彼女は立ち上がると、わたしに顔を寄せてささやいた。

＊　＊

またも花が強く香った。

もう子供ではないわたしは、目を閉じてこめかみを指で押さえる。

鼻孔を通して、脳まで突き抜けるような匂いだった。息苦しいほど濃厚で、濃密だ。くらり、と四たびのめまいが襲う。まぶたを伏せているのに、闇の中でなお世界がまわる。

「……もし、大丈夫ですか？」

声をかけられ、はっと顔をあげた。

目の前に、青い作務衣《さむえ》姿の男が立っていた。宮司だろうか、竹箒《たけぼうき》と塵取《ちりと》りを手にしている。どうやら境内の掃除中であるらしい。

「ああ、すいません」

ちょっと香りがきつくて、と弁解すると、

「無理もない」

男がかすかに苦笑した。

「なにしろ、ここ数年でも一番の花ざかりですからね。……ほら、あれですよ」

男の指さした先には、丈の高い木があった。なるほど枝葉の間で、淡い黄いろの花が満開に咲いている。

「からたねおがたま、という木です」

「からたね――？」

一瞬、神道用語かと思った。鸚鵡《おうむ》がえしに問うたわたしに、

「唐種招霊、と書きます」

と宮司は掌に字を書いて教えてくれた。

「たいそうな名前でしょう。この名にちなんでか、全国の神社が境内に植えたがる木なんだそうです。逆に一般のご家庭では、さほどメジャーな植木ではない」

彼はこちらの喪服に目を向けて、

「失礼ですが――もしかして、青江さんの？」

と訊いた。わたしはうなずいた。

「葬儀の帰りです。子供の頃、よくここで遊んだものでしてね、懐かしくて、つい記憶をたどって来てしまいました」

「ほう」

「昔、義姉とよく来たんです。年寄り連中には、『子供だけであそこには行くな。神かく

しにあうぞ』なんて止められたものですが——」

いわでものことを口にしてしまい、

「いや、お気を悪くされたらすみません」慌てて取りつくろった。

「よくある警句ですよね。親の目の届かないところで遊ぶな、なんて言ったところで、子供は素直に聞き入れやしない。だからわかりやすく、お伽話《とぎばなし》ふうに脅していたんでしょう。この歳になってようやくわかる理屈です」

苦笑してみせた。だが宮司は笑わなかった。

「いいえ、そうとばかりも言えません」

静かに彼は言った。

「は？」

「この御神域は、ほんとうに不思議なことが起こりやすい場所です。わたしの知っている限りでも、四、五人ほどがいっとき〝隠されて〟います」

「隠されて——？」

「ええ。ある子供はきょうだいと遊んでいるさなか、ふいに消えてしまいました。半日ほどして姿を現したが、その子にとっては『ほんの一、二分、みんなが見えなかった』だけだったそうです。またべつの子供は数分姿をくらましたあと、髪ぼうぼうの垢《あか》まみれになって戻りました。『長い長い間、迷子になって暗いところでさまよっていた』とその子は、両親に抱きついてわんわん大泣きしたものです」

「まさか」

わたしは笑った。

なんだろう、この男はからかっているのか。それとも脅しているつもりか。そういえば先代の宮司とはあまり似ていないようだ。まさか偽者でもあるまいが――と、訝《いぶか》りながらわたしは言った。

「まさかそんな、非科学的ですよ。それに御神域なら、神さまが守ってくれる場所のはずでしょう。この神社にはそんな物騒な神さましかいないんですか？　気まぐれに子供を捕まえて、隠してしまうような神さまを祀っておられるんですか」

冗談のつもりだった。

しかし宮司は真顔で、

「神とは本来、人間を守るものではありません」

とかぶりを振った。

「その証拠に多くの神社が、ご利益を受けるためではなく、お怒りを鎮めるために神を祀っています。菅原道真《すがわらのみちざね》、安徳天皇《あんとくてんのう》、崇《す》徳上皇《とくじょうこう》、平将門《たいらのまさかど》など、非業の死をとげた者を祀る『御《み》霊《たま》信仰』といったものも有名ですね。つまりわたしたちは『どうか怒らないでください、祟らないでください』とお願いするために御社を建て、神饌《しんせん》や玉串《たまぐし》を奉納し、定期的に祭祀をおこなって神を必死にお鎮めしているのです。人間のかずならぬ身で、神仏からなにか賜ろうなどとゆめゆめ思わぬほうがいい」

ひと息にそこまで言ってから、彼はふっと頬を緩めた。

「いや、誤解しないでください。わたしはすべての神さまが恐ろしい、と言っているわけではありません。ただ神はわれわれの思惑どおりになど動いてくれない――そう言いたいのです」

微笑んでいる。だが語調は真剣だった。表情といい口ぶりといい、本気で神力を信じている気配があった。すこし不気味ですらあった。こんな片田舎で宮司などしていると、頭の中まで浮世ばなれしてくるのだろうか。

わたしはすこし考え、

「神かくしに遭った人は、みんな戻ってきたんですか」

と尋ねた。

「子供は比較的帰ってきやすいようですな。理由はわかりませんが」

「大人は戻ってこれない？」

「それもわかりません。そもそも大人が消えたケースがあるかも不明です。なにしろ黙って訪れて、黙って消えた参拝客ならば〝隠された〟ところで、こちらは知るよしもありませんから」

「じゃあなたが把握している数より、実際はもっと多くが消えている可能性もあると？」

「ええ。可能性はね」

うなずいて宮司は笑った。だがわたしは笑えなかった。

ごゆっくり――。そう頭をさげ、彼は箒を手に玉垣の向こうへ歩き去っていった。

風が吹き抜けた。

甘ったるく濃密な香りが、ほんの一瞬、わずかに薄れた。

*　*

わたしはふたたび境内を歩きだした。

心はまた、遠いあの日に戻っていく。痛む歯を舌で探るように、脳は思いだしたくない記憶を呼び覚まし、掘りおこしてはもてあそぶ。

祥子はあのとき、確かに言った。

――かくれんぼなんかより、もっと、ずっと、おもしろいこと教えてあげる。

と。

おもしろいことってなんだい。幼いわたしは尋ねかえした。

彼女は唇にぴたりと指をつけ、静かにしろとサインを送ってきた。わけがわからないながらも、わたしは言いなりに口をつぐんだ。

空気がいつもと違う色を帯びたのがわかった。

わたしと祥子は、藪をくぐってすぐの丈高い木の下にいた。うす黄いろい香りの強い花が満開に咲き誇っていた。

あたり一帯に甘い香りがたゆたっている。臭覚だけでなく、頭の芯《しん》まで麻痺させるような匂いだ。南国の果実のように甘ったるい、くどくどしい匂い。髪にも服にも、ねっとりと染みついてくる香気。

花が香る。

薄荷の息が匂う。

祥子が、スカートの裾をたくしあげていく。

柔らかそうな腿《もも》が見えた。やがて足の付け根までもが見え、下着の白さが目を射た。

——悟郎ちゃん、ほら。

わたしの手をとり、祥子が両脚の奥へ導いていく。

あんた、あたしのここが見たいんでしょう。祥子がささやく。

憑《つ》かれたようにわたしはうなずいた。

さからえない。抗うことができない。掌にも、額にも、首すじにも、わたしはびっしょり汗をかいていた。鼓動が耳のそばで、早鐘のごとく鳴っていた。

花の香りに酔ったのだ、そう思った。

身動きがとれない。目が吸い寄せられる。

――ふふ、ここよ。

いけないことだとわかっていた。

わかっているからこそ、したかった。

祥子は傲然《ごうぜん》とわたしを見おろしていた。嘲るような薄笑いをたたえていた。そして義弟であるわたしの手を、下着の中にみずから導こうとしていた。

裾から手が這いこみ――指先が、ぬるりと湿った。

その刹那。

「こら、おまえら！　なにをやってるか！」

藪を割って、黒い大きな影が飛びだしてきた。

幼いわたしは身をすくませ、瞬時に手をひっこめた。

目の前に男がいた。顔立ちに見覚えがある。しかし名が思い出せなかった。親類に違いないと、それだけはわかった。

男は右手を振りあげ、音高くわたしの頬を打った。

わたしは仰向けに倒れた。痛かった。叩かれた頬も、地に打ちつけた背中も痛んだ。腰に、腿に、固い砂利が食いこんだ。

そのあとのことはよく覚えていない。どうやって帰ったかも記憶にない。

ただわたしは以後、二度と祥子とかくれんぼをしなかった。

男に頬を打たれた一件は、心理的外傷《トラウマ》となって胸に刻みこまれた。思い出すたび、あらゆる負の感情が渦巻いた。恥。自己嫌悪。怒り。屈辱。

その男が誰だったのかは、いまだ判然としない。

しばらくは不安だった。彼が言いふらすのではないかと気が気でなかった。ただでさえ村八分にされていた身だ。もし町じゅうに知れわたってしまったら——。想像するだけで汗が冷え、睾丸《こうがん》が縮みあがった。

しかし一週間が経ち、一箇月が経ち、三箇月経っても、わたしと祥子の〝あのこと〟は噂にならなかった。

ようやく「もう安心してもいいのではないか」と思えたのは、祥子と家族でなくなってからだ。父が離婚を決め、祥子たち母子は出ていったのである。

父がなぜ滋乃と離婚したのかは知らない。ただ彼女が四度目の結婚をしたのは、きっかり半年後のことだった。相手の顔は知らないが、六つも年下の男だったという。

対する父は、その後の人生をずっと独り身で過ごした。

後妻のあてを探してくれるという申し出も、すべて丁寧に断った。

＊　＊

それから、いくたびも季節が過ぎた。壁の暦を何度か取りかえた。

十七歳になったわたしは、その日、父方の祖母宅を訪れていた。

祖母もまた、父の再婚に難色を示したひとりだ。しかし実の親子だけあって、滋乃との婚姻中も、完全にわたしたちと断絶することはなかった。義母がいない間にこっそり煮物を届けてくれたり、お年玉をことづけてくれた。

わたしは祖母が好きだった。感謝していた。しかしその祖母は、気づけば認知症の症状をみせはじめていた。

父を祖父と混同し、わたしを父と間違えるようになったのだ。

それでもはじめのうちは、

「おれは親父じゃない、孫の悟郎だよ」と否定するたび、

「やいや、そんげ事《がん》言うたかね。うん、お前さんは悟郎だ。婆の可愛《いと》しげな、悟郎ちゃんだがね」

と祖母はうなずいてくれたものだ。

が、いつしかそんな応答さえできなくなった。気づいたときにはすでに、祖母の中でわ

たしは完全に若い頃の父だった。

そうだ。その日もわたしは、祖母の具合をうかがうため来訪したのだ。

祖母の状態はひどかった。こちらの顔をみるなり恐慌発作を起こし、手あたり次第にものを投げつけてきた。親不孝者、と叫び、大声で泣き喚いた。

——いったいおまえは、いつまであの女と切れないつもりだ。

——新婚だというのに恥ずかしくないのか。生まれてくる子に、どう顔向けする気なのだ。

実際は、きつい方言だった。言葉の端々はわたしにすら聞きとれなかった。祖母は怒りで形相を変えていた。皺深い頬は血の気を失い、真っ白だった。

なんとかなだめすかして落ちつかせた。しかし徒労に終わった。小一時間ほどで、祖母はふたたび狂乱状態に陥った。

祖母は喚いた。

——おまえ、あの女と再婚するとは正気か。

——よりによって、あの売女《ばいた》と。

その台詞で、わたしにもようやく〝あの女〟が誰かわかった。かつての義母、つまり滋乃に違いなかった。

祖母はわたしの衿《えり》を摑み、白く濁った眼に涙を溜めて叫んだ。

——おまえはあの娘を、自分の胤《たね》だと思ってるんだろう。

——確かにあの娘はおまえによく似ている。だからといって由依子《ゆいこ》さんが死んですぐ、悟郎ちゃんのきょうだいとして迎え入れるだなんて。恥を知りなさい。

——由依子さんが可哀想だ。なぜおまえはほんのすこしでも、由依子さんのために我慢してやれないんだ。

——あんないい嫁はいなかったというのに、なぜおまえにはそれがわからない。親不孝者が、この親不孝者が。

そう言って祖母は泣き、むしゃぶりついてきた。老いさらばえた腕でわたしの胸板を殴り、皮膚に爪を食いこませた。

由依子は、わたしの生母の名だ。わたしは祖母の体を受けとめながら、愕然としていた。

耳の奥に、あの日の祥子の声がよみがえった。

——悟郎ちゃん、ほら。

——ふふ、ここよ。

記憶の中の声は海馬を刺激し、幻臭を呼びさました。

遠い日に嗅いだ花の香り。薄荷の息。

途端に、胃の奥から嘔吐が突きあげてきた。

わたしは祖母の体をはねのけ、便所に走った。胃の中にはなにもなかった。黄いろい胃液が流れ出ただけだった。それでもなお、わたしは便器をかかえ、げえげえと喉を鳴らしつづけた。

——実のきょうだいかもしれない。

その事実が、どうしようもない嫌悪を生んでいた。

たくしあげられたスカート。白い腿。

ぬるりと生あたたかく指先を呑んだ、あの感触。

藪の中からあらわれ、頬を殴った男を思いだす。何年も何年も、わたしはあの男を逆恨みしてきた。恥と屈辱にいろどられた記憶だった。ばつのわるい現場を押さえられたことも、突然撲《ぶ》たれたことにも憤りを感じつづけてきた。

だがその瞬間、八つ当たりに近い恨みはかき消えた。代わりにこみあげたのは、感謝の念だった。

あの男ははからずも、わたしが畜生道に堕ちるのを止めてくれたのだ。

それ以来、彼はわたしの敵ではなく恩人となった。同時にわたしは祥子への淡い恋ごころと、敬慕とを失った。

——今日の再会も、さいわいうまくやり過ごせた。

広い境内を眺めながら、わたしは胸を撫でおろす。

本音を言えば、祥子にふたたび会うのが怖かった。幼い日の思慕を、あの頃の気持ちを揺り動かされるのではという不安があった。

いまならわかる。祥子はなんらかの性的虐待を受けてきた子供だった。はじめての相手は滋乃の元配偶者か、もしくは家を出入りした愛人だろう。青江の叔父に児童買春の逮捕歴があったことも、長じてから知った。

祥子の不自然な早熟ぶりや媚態は、典型的な被虐待児のそれだった。劣悪な環境で生きのびようとしたがゆえの、悲しい適応だ。

——同情が、また恋慕を産むのではないか。

そう恐れていた。だが杞憂に終わった。わたしの心はほんのすこしも動かなかった。そのことに、運命に勝利したような昂ぶりさえ覚えた。

石段に腰かけ、尻ポケットから煙草を取りだす。

一本だけ、と己に言い聞かせながら火をつけた。

健康診断で高血圧と不整脈を指摘されてから、約一年が経つ。以後、節酒と節煙をこころがけてきた。なのに先週は、検査入院までする羽目となった。

検査結果はまだわかっていない。数週間ぶりの煙に、まためまいが襲った。

あらためて境内を見まわした。

濃く繁った葉が、さかりの花ばなを包みこむように縁どっている。剣を思わせるほど鋭くとがった草の葉。石だたみの灰白色。その向こうに、龍をあしらった手水舎が見える。

かすかに聞こえる羽音は蜜蜂だろうか。空が塗料を刷いたように青い。葉を通した陽光が、地面にレースのような透かし模様を描いている。のどかだった。と同時に、艶やかな眺めだった。

わたしは石段で煙草をもみ消した。

重い腰をあげる。

瑞垣の中の本殿へは向かわず、藪に分け入った。

数メートル歩くと、注連縄《しめなわ》の張られた木に行きあたった。神道には詳しくない。だが注連縄が結界のしるしであることくらいは、さすがに知っている。

縄を越えぬよう、わたしは引きかえして藪内を迂回した。

鳥居や注連縄で区切られた内側は常世《とこよ》であり、外側は現世《うつしょ》であるという。ここは神域だ、という実感が湧いてきた。常世を横目に、現世をぐるりとたどって歩いた。

香りがいっそう近くなる。熟れた果実のような香気。さかりの花が放つ芳香。

——唐種招霊。

わたしは目線を上げた。

三メートルはあろうかという樹木が目の前にあった。淡黄いろの花が絢爛《けんらん》と咲き誇っている。しかし、ここではなかった。いまのわたしにはそれがわかった。

ここではない——この木の下ではない。

低く、口の中でつぶやく。

　さらに歩いた。次第に気が急いてきていた。汗をかいていると自分でもわかった。湿ったシャツが貼りつき、背中に、腕にまとわりつく。

　暑い。無意識に上着を脱いだ。きついネクタイも衿からひき抜いた。

　どこかで、子供の声がした。

　いーち、にーい、さーん、しーい。鬼が声をあげて、二十数えている。

　もういいかい。

　まあだだよ。

　二本目の唐種招霊を見つけた。しかし、やはり違った。もどかしかった。わたしはさらに、先へと進んだ。

　立ちどまった。

　目の前に、朽ちかけた古い注連縄があった。

　いったいどれほどの年月、風雨にさらされてきたのだろう。それはもとの白を失って煮しめたように赤茶けていた。鬱蒼と生い茂る枝葉では守りきれなかった歳月が、その色あいに滲み、沈着していた。

　わたしは、しばし迷った。

　この境目を越えたなら、きっと二度とは戻れまい。すでにそう理解していた。理屈ではなく、肌で悟っていた。検査入院の結果も、そして己に課せられた役目もだ。

迷いは数秒だった。わたしは片足をあげ、注連縄をのりこえた。

体が一瞬、ひやりとする。

だが違和感はすぐに消えた。既知の世界に、体は難なく馴染んだ。

――もういいかい。

木を探して、わたしは歩きつづけた。

あの日の木、あの遠い日の目じるしに、行かなくてはならなかった。

あれ以後、さらに祖母の認知症は進んだ。その口から、わたしはなおも罵倒と昔ばなしと呪詛《じゅそ》とを聞かされた。そこには新たな事実があった。

出自があいまいだった滋乃。長い間、滋乃の母を金で〝世話して〟いたというわたしの祖父。

再婚を機に、異様なまでに冷たくなった親類縁者。滋乃が自堕落な女だったというだけでは説明のつかない、あの徹底した排斥ぶり。

もし祥子が、父と滋乃との間にできた子だったなら。

そして滋乃もまた、祖父の胤であったというならば。

わたしと祥子の血縁関係は、いったいどう言いあらわせばいいのだろう。どれだけ濃密に、彼女とわたしは繫がっていたのだろう。

枝を荒あらしく腕で払った。両手で藪をかきわけた。

唐種招霊が、きつく香った。

――もう、いいよ。

次の刹那。

目の前に、少年と少女がいた。

少年は膝立ちの姿勢だった。少女は中腰で、自分のスカートを腿までまくりあげていた。

少年の手が、少女の脚の間に伸びている。

彼の瞳がこちらをとらえた。目の表面に、強い怯えがさっと浮いた。

ああ、そうだ、と思った。

いまここで、わたしはこの少年を救わなければいけない。深い罪から。長くつづくだろう罪悪感から。果てなくよどんだ血の業《ごう》から。

わたしは息を吸いこんだ。

――おまえら、なにをやってるか。

渾身の声で怒鳴った。

少女が肩越しに振りむく。歳に似合わぬ険しい目で睨んでくる。

かすかに薄荷が匂った。

だがそれも、もっと濃く強い花の香にかき消された。

血の気を失った少年に向かって、わたしは目で笑みながら、その頬を打つべく右手を高く振りあげた。

その一言を

——やれやれ、こいつは厄介なマル被だ。

取調室の机に肘を突き、守矢《もりや》はそう胸中でぼやいた。背後では歳若い相棒が、苛立ちもあらわにマル被——つまり被疑者を睨んでいる。この国枝《くにえだ》は刑事課に配属されて間がないせいか、傍らの守矢が気恥ずかしくなるほどの正義漢だ。

守矢は、正面に座る女をあらためて見つめた。運転免許証によれば四十七歳。しかし、ゆうに十歳は老けて見えた。

目じりには深い皺が刻まれ、脂気のない蓬髪《ほうはつ》は半分がた白髪だ。化粧はしておらず、剝けた唇の皮がけば立っている。毛玉だらけのセーターは何年前に買ったのか、あちこちほつれて穴が空いていた。

常ならばこんな中年女相手に、ベテラン捜査員の守矢が身がまえるはずもない。それでなくとも署内には半妖怪のやり手ババアやら、ピアスとタトゥーまみれの家出少女やら、売春常習犯の主婦やらが百鬼夜行のごとくうろついている。

だがその夜の守矢は、対峙した女をはっきりと警戒していた。

乾いた拭き残しの血が、女の頬にこびりついているからではない。その右手がいまだ、凶器の鉈《なた》を握ったかたちに固まっているせいでもない。

女が微笑しているからだった。

この女はつい数時間前、道行く女性に薪割り用の鉈を振り下ろした。白昼の、突然の凶行であった。入念に研がれた背部厚七ミリの刃は、被害者の肉を裂き、骨を断ち割った。通報で駆けつけた警官に、女は現行犯逮捕された。一方、被害者はただちに救急病院へ搬送された。しかし出血が多く、予断を許さない状況だという。

守矢は女からわずかに目をそらした。

利き手に握ったボールペンを、くるりと手癖でまわす。抑えた声音《こわね》を意識して、彼は切りだした。

「それでですね、あなた――」

「あなた、ではありません」

女が抑揚なく言う。

「麻生《あそう》です。麻生直海《なおみ》。ちゃんと名前で呼んでください」

　微笑を崩さず告げる女に、守矢はあやうく眉根を寄せかけた。

　〝麻生〟は、女がここ半年というものストーキングしていた男の姓である。そして襲われた被害者は、その妻だ。女より十五歳も若く、お腹には七箇月の赤ちゃんがいた。産科医院を出て、タクシー乗り場へ向かう途中での惨劇であった。

　――もし被害者が死んだら、この女は二人殺したことになるな。

　男の妻と、お腹の赤ちゃんと――。

　ふたたび眉が寄るのを自覚し、守矢はふっと息を吐いた。

　――いかん、わたしは冷静でいなければ。

供述を取るためにも、背後に立つ国枝のためにもだ。

国枝は今年結婚したばかりで、同じく妊娠中の妻がいる。生来の熱血に加え、被害者に感情移入して怒りを隠せない相棒を、守矢が抑えねばならなかった。

「わかりました。では麻生直海さん」

　守矢は声音をあらためた。

「あなたと麻生正弘《まさひろ》さんの関係からお訊きするとしましょう。彼とあなたは同僚でもなく、近隣の住民同士でもない。ここまではいいですね？　年齢は十四歳離れていて、居住地は電車で五十分かかる距離。彼は医薬品の卸会社で働いているが、あなたは今年の春まで縫製会社でパートの事務をしていた。そんな二人が、いったいどこでどう知り合ったというんです？」

「どこでなんて、そんなことが問題ですか？」

女は愉快そうに言った。

「理屈なんていらないわ。——だって、運命なんです」

「ほう」

感情が滲まぬよう、守矢は声を低めた。

「運命ね。ではその運命の出会いを、くわしく教えていただけますか。あなたがたは、いつどこではじめて会ったんです？」

「そうねえ。あれはもう、二百日ほど前になりますかしら」

彼女は遠い眼をした。

「まだ寒い時期でした。あの日は朝から、気温がとても低くてね、正面から風が吹きつけると頬が痛いくらいだったわ。わたしは帽子もコートも着けていなかった。だから寒かったけれど、よく見えて、よく聞こえた。あの人を、すぐに見つけることができました」

「それが初対面の日ですか？」

「ええ。見た瞬間にわかりました、『彼だ』って。彼こそわたしの運命の人で、わたしの夫になるべき人だってね。長い間探し求めていた人。わたしにとって、なくてはならない人――」

うっとりと言う女をさえぎって、

「で、あなたは彼を尾けたんですね？」

守矢は問うた。

「人混みの中で見かけただけの男性に、あなたは運命を感じて尾行した。同じ電車に乗り、同じ駅で降りて、彼が住むマンションを突きとめた」

「セキュリティの甘いマンションだったわ」

女は、悪びれる様子もなかった。

「オートロックじゃないのはいいとしても、いまどきポストに鍵も付けていないなんてねえ。あれじゃガス料金の振替済領収証だって、通信会社の請求明細だって盗み放題じゃない。表札が出ていなくても、通知の契約者名を見ればフルネームなんてすぐわかっちゃう。信じられない不用心ぶりよ。管理会社がよくないわ」

と、自分を棚に上げて批判する。背後で国枝の舌打ちが聞こえた。相棒を無視し、守矢は問いを継いだ。

「フルネームがわかって、どうしたんです」

「もちろんインターネットで名前を検索しました。あの人のことを、もっと知りたかったから。そしたらフェイスブックのアカウントがヒットしたんです」

「それで？」

「いろいろなことがわかりました」

女は嬉しそうだった。

「彼の好きなスポーツ、好きな音楽、彼の行きつけのお店、彼の勤務先……。フォロワーをたどったら、彼の妹さんや幼馴染みの名前もわかりました。もちろん彼らのアカウントにも飛びましたよ。妹さんはインスタグラムもやっていました。助かったわ。彼女が実家のベランダで撮った画像をアップしていたから、グーグルのストリートビューと照らしあわせて、実家の場所が特定できたんです。おかげで家族構成も生活リズムも、実家のゴミ捨て場の位置もすべて把握できました」

「それなら彼が既婚者だということも、すぐにわかったでしょう」

守矢は言った。

「なぜそこで諦められなかったんです。麻生正弘さんには正式な、れっきとした配偶者がいた。そう知った時点で、なぜ引き返せなかったんですか？」

抑えたつもりだったが、つい声が尖った。

しかし返ってきたのは、

「妻？　妻はわたしです」

との不思議そうな声だった。

まるく見ひらいた鳥のような目が、きょとんと見かえしてくる。

守矢はため息をついた。予想どおり、やはり厄介なマル被だ。こいつは吐かせるまで時間がかかりそうだ、と覚悟する。

「あなたねえ――」

言いかけた声は、だがすぐにさえぎられた。

「あの人はわたしのもので、わたしはあの人の妻です」

迷いのない声音だった。

「配偶者を奪われたら、どんな手を使っても奪いかえすのが当然でしょう。誰だってそうです。あなただってそうします。わたしは、当然の権利を行使したまでですわ」

女は微笑みつづけていた。揺るぎない微笑だった。

その笑顔に、守矢は背中がうそ寒くなるのを覚えた。

＊　＊

直海の記憶に居る母は、いつだって怒り顔だ。

――どうしてそうあんたは、人のものばっかり欲しがるの。

――なんでよ！　なんでまた黙って持ってきちゃったの。

――ああもう、そんな悪い手は切り落としてしまわなきゃね！

もの心ついたときには、すでに直海は知っていた。どうやら自分にはいけない癖があるようだ、と。

どうしても欲しい、というわけではない。ただ通りすがりに、ふっと「あ、いいな」と思う。それで充分だった。気づけば「いいな」と思った品が、右手の中におさまっていた。直海を七歳まで育てたのは、父方の祖母だった。母が多忙だったせいではない。大病をしたからでもない。

「生まれてすぐのあんたを、お義母さんに取られてしまった」

母はいつもそう言った。

「子育てのおいしいところだけつまみ食いして、大きくなってきたらこっちへ戻して、押しつけて……。あのババアはいつもそうよ。ちゃっかりと、一番いいところだけをいただくんだから……」

親もとへ戻された直海は、母親のそんな愚痴を聞きながら成長した。母のもとでは忙しかった。小学校へ通うかたわら、英語塾へ通い、ピアノ教室に通った。

英語塾もピアノ教室も母の希望だった。

「ピアノは姿勢がよくなるし、動作が優雅で女らしくなるわ。これからの時代、英語だってできなきゃね。いいお家にお嫁さんに行くためには、どちらも必要よ。共海《ともみ》ちゃんのぶんまで頑張って。直海」

〝共海〟とは、生まれなかった双子の妹の名である。

妊娠初期、母の胎内には双子がいた。しかし次の検診で「片方が育っていないようだ」と医師に告げられた。妊娠十週を超える頃には〝共海〟はエコーに映らず、直海一人が残っていたという。

その話をするとき、母はいつも悔しそうに唇を噛んだ。

「バニシングツインっていう現象らしいわ。普通なら消えたほうは、母親の体に吸収されちゃうらしいけど――」

だが〝共海〟は完全には消えなかった。

直海は右手に〝共海〟をしっかりと握りしめながら、この世に生まれ落ちた。

妹は干からびた白黄色の塊だった。水分を完全に失い、萎縮していた。医学的には紙状児、というらしい。健康な片割れに栄養を吸われ、圧迫されて紙状と化してしまうのだと。

「普通は胎盤と一緒に、後産で出てくるらしいんだけどね。でもあんたは妹を握ったまんま生まれてきたのよ。こっちの、このお手々でね」

機嫌がいいとき、母はそう言って直海の右手にやさしく触れた。

逆に機嫌の悪いときは、「この手！」と怒鳴って叩いた。

「この手！　この欲張りな手！」

「こんな手はちょん切ってしまえ！」

直海の右手が悪さをしはじめたのは、いつからだろう。〝頭が白くなった〟記憶がおぼろげにある。ということは悪癖は三、四歳ごろからはじまったのかもしれない。

ふっと、頭が白くなる。

記憶と意識に、ぽっかりと短い空白ができる。

そのあと右手をひらくと、決まって掌の上に知らないものがあった。いちごの飾りがついたヘアゴムだったり、うさぎのキイホルダーだったりした。

祖母にきつく叱られた経験はなかった。

「あらあら、お友達のを間違えて持ってきちゃったねえ。返しに行って、ごめんなさいしてきましょう」

それだけだ。相手もたいてい「子供にはよくあることですから」、「お互いさまです」と笑って許してくれた。

謝罪が済んでしまえば、祖母はいっさいその件について触れなかった。

同じ過ちが何度繰りかえされようと、「あら、また間違えて持ってきちゃったね」と微笑むばかりであった。

なぜ頭に空白ができるのか、当時の直海にはわからなかった。

まず胸のもやもやからはじまるんだ、と気づいたのは六歳のときだ。お祖母ちゃんがお母さんの悪口を言うのを聞いたあと。お父さんとお母さんが怒鳴りあったあと。お母さんが〝共海ちゃん〟の話をしたあと。そんなとき、直海の胸はいつももやもやした。

そのもやもやを言い表す語彙を、当時の直海はまだ持ちあわせなかった。濃い靄《もや》が胸を満たしきってしまうと、頭がふっと白くなった。

空白は数分のこともあった。十数分つづくこともあった。だがその後は、右手に知らない消しゴムやおもちゃが握られているのがお決まりだった。

七歳を過ぎて、直海の養育は母の手に移った。

空白はさらに頻繁に訪れるようになった。

母は愚痴っぽく、気分屋でヒステリックだった。生理の直前は特にひどかった。幼い直海を相手に、祖母や父や親戚や、近隣住民の悪口を絶え間なくぶつけてきた。

直海の盗癖に、母は早い段階で気づいた。

母は直海を怒鳴りつけ、頬を叩いた。しかし「返しに行きましょう」とはけっして言わなかった。

盗品はコンビニのゴミ箱や、自動販売機に備え付けた空き缶入れに投げこまれた。証拠を隠滅するや母は直海に向きなおり、

「この手！」と腕をひっぱたいた。

一撃では済まなかった。

「この欲張りな手！　こんな手はもういらないでしょう！」

右腕の皮膚が真っ赤に腫れあがるまで、母は叩きつづけた。

直海が泣くと、「あんたに泣く権利があると思ってんの？　泣きたいのはこっちのほうよ！」といっそう激しく叩いた。

実際に、娘を撲《ぶ》ちながら母は目を潤ませていた。

あのときの母は、なにに対して泣いていたのだろう。いまも直海はぼんやりと思う。娘の将来を憂いてか。厄介な重荷を背負ってしまった己への憐憫《れんびん》か。それとも幸福とはほど遠い、結婚生活の後悔か。

母は、美人だった。泣いても喚いてもいないときの母は、直海の目にも女優顔負けの美貌に映った。髪を整え、化粧をし、スーツをまとった母と歩くと、道行く人は驚き顔で振りかえった。

直海は母が誇らしく、同時に恐ろしかった。

「直ちゃんのお母さん、きれいでいいなあ」

「うちのママと大違い」

「スタイルいい。かっこいい！」

母を見たクラスメイトは皆、称賛の声をあげた。

母の人生は、傍目には完璧だったはずだ。上品で穏やかな義母。学歴も収入も高い夫。瀟洒《しょうしゃ》な一戸建ての邸宅。そして一人娘は、学校でも習い事でもトップクラスの成績をあげる優等生。

母はその評判を守りとおそうとした。

お上品な仮面の下で、嫌み三昧な義母。ママの言いなりの夫。ローンでかつかつの家計。夫似の顔で盗癖持ちの娘。そんな内情は、おくびにも出さなかった。

その代わり、家で彼女は荒れた。八つ当たりされるのはいつだって直海だった。

「あんたなんか産まなきゃよかった」

「子供さえいなけりゃ、あの男とさっさと離婚できたのに」

「あんたじゃなく、共海ちゃんが生まれていれば」

「あんたがお腹にできたとき、あのババアは『わたし、まだおばあちゃんになりたくないわ』って言ったのよ。お父さんはその横で、『母さんもああ言うし、まだ早いんじゃない？』って、へらへら笑うだけだった」

「あいつらの反対を押しきって、お母さんはあんたを産んであげたのよ。あんたはお母さんと、共海ちゃんを犠牲にして生まれたの。だから共海ちゃんのぶんも、あたしに感謝して恩返ししなきゃ駄目よ……」

沙恵《さえ》が転校してきたのは、中学二年生の二学期だ。

県庁所在地から越してきただけあって、垢ぬけた可愛い子だった。教師にうながされて黒板の前で挨拶する沙恵を見た瞬間、直海の心臓は跳ねた。

後ろの席からクラスメイトがささやいてくる。

「ねえ、あの子、直海ちゃんのママにちょっと似てない？」

そのとおりだった。

栗いろがかった髪や、美しい弓形の眉が似ていた。くっきりした二重《ふたえ》の眼も、日本人離れした高い鼻梁《びりょう》も似ていた。

――共海ちゃんだ。

長い間、脳裏で思い描いていた〝共海ちゃん〟の姿がそこにあった。直海のような純日本人の容貌ではなく、直海と違って祖母の手垢も付いていない。母の時計を二十五年巻き戻したがごとき、すらりとエキゾチックな美少女――。

担任教師が、教卓に手を突いて言う。

「みんな、仲良くしてやるんだぞ。とくに学級委員は、率先して転校生の手助けをしてやってくれよ」

学級委員は直海だ。なかばうわのそらで、直海は「はい」とうなずいた。

担任に言われたとおり、直海はなにくれとなく沙恵の世話を焼いた。休み時間ごとに声をかけ、校内を案内してやり、教科書やノートを見せて授業を補佐してやった。

じきに二人は打ちとけ、「直海ちゃん」、「沙恵ちゃん」と呼び合う仲になった。

サポートの甲斐あってか、沙恵はクラスにすぐ馴染んだ。勉強はあまり得意でないようだったが運動神経がよく、その美貌でどこにいても目立った。

気づけば沙恵は、直海と並ぶクラスの人気者となっていた。

「沙恵ちゃんって駅前の、あの大っきい分譲マンションに住んでるんだって」

「お父さんが××製鉄の部長らしいよ」

「おうちに遊びに行ったよ！　すっごい広くてきれいだった。お母さんも超美人なの。お父さんは単身赴任で、二人だけでこっちに住んでるんだって」

だがクラスメイトの評価に反比例して、直海は沙恵に違和感を覚えるようになっていった。

沙恵には、どこかおどおどしたところがあった。十二分に美しく裕福だというのに、自己肯定感に乏しかった。人の視線に怯えを見せる瞬間があった。母娘のみで、中途半端な時期に転校してきたことも疑問だった。

「ねえ直海ちゃん、あたしのこと好き？」

しばしば沙恵はそう尋ねた。

「なにがあっても好きでいてくれる？　ずっと、あたしの味方だって約束できる？」

「もちろん」

ためらいなく直海はうなずいた。本心だった。〝共海ちゃん〟の顔をした少女に頼られるたび、背すじをぞくぞくと快感が駆け抜けた。

直海は沙恵の手を握って言った。

「もちろん、ずっと沙恵ちゃんの味方だよ。だってわたしたち親友でしょ？　どんなことがあったって、沙恵ちゃんを嫌いになるなんて有り得ないよ」

その頃、直海の家庭は崩壊寸前だった。

母は娘の前だろうとおかまいなしに、金切り声をあげて父をなじった。祖母はそんな母を「下品だこと」と嘲笑った。父はといえば、なりふりかまわず祖母を盾にし、母から逃げまわった。

どうやら父には、外に女がいるらしかった。祖母は母への当てつけのためだけに、その女を口をきわめて誉めそやした。

「あちらさまはあなたよりずっと、男の立てかたを心得てらっしゃるわ」

「見てくれだけで中身がからっぽの誰かさんと違って、苦労人で」

「安らげない家庭になんて、そりゃ男は帰ってきませんよ。こんな怖い顔の般若《はんにゃ》が待ちかまえていたのではね。ああ、おっかないおっかない……」

母は気も狂わんばかりに怒り、喚き、直海に当たり散らした。

「あんたさえいなけりゃ！」

「あんたができなきゃ、離婚してあのババアと縁切りできたのに！」

「なんであんたが生きてるのよ！　共海ちゃんじゃなくて、あんたなんかが！」

――なんで、って。

そのたび直海は心中でつぶやいた。

――それはわたしが、あんたの〝共海ちゃん〟を右手に握って生まれたからよ。

わたしの、この右手に。

母の怒声を浴びた翌日は、必ずと言っていいほど盗癖がぶりかえした。

頭が白くなる。切り取ったように記憶の一部が欠落する。意識がふと戻ると、右手にはやはり見知らぬ品が握られていた。

たいていはつまらないものだった。使いかけのマニキュア。リストバンド。おもちゃ同然のネックレス。ガラス細工の置物。

だがごくまれに、手をひらいてぎょっとすることもあった。大きな翡翠《ひすい》が付いた指輪。象牙の印鑑。どこかの家の鍵。

そのすべてを、直海は迷わず捨てた。かつて母がやったように、コンビニのゴミ箱や空き缶入れへ無造作に投げこんだ。

校内での沙恵の評価が変わってきたのは、冬が訪れる直前だ。

——沙恵ちゃんをおうちに呼ぶと、必ずなにかひとつ、ものが消えるの。

その噂を耳にしたとき、直海は青ざめた。

自分の血が、踵《かかと》まで引く音を聞いたように思った。

むろん錯覚だった。現実の彼女はわずかに眉をひそめ、級友に「まさか」と気のない声で言ってみせた。

「まさか。沙恵ちゃんがそんなことするわけないじゃない。お金持ちだし、月に一回はお父さんのいる街に行って、いっぱい素敵なプレゼントをもらってるのに」

しかし噂はおさまらなかった。それどころか、高まる一方だった。

ひそかにささやかれていた噂は、ある決定的な一事を境にして学年全体に広まった。

その女子生徒は約半月前、沙恵から髪留めをプレゼントされていた。

「部活でレギュラーになったんでしょ? これ、お祝いにあげる」

スワロフスキーと天然石をあしらった、洒落た髪留めだった。女子生徒はその髪留めを着け、休みの日に繁華街に繰りだした。封切りを楽しみに待っていた映画を観る予定だったのだ。

だがその肩を、背後から掴む手があった。

「ちょっと、あんた！」

振りかえると見知らぬ女性がいた。

「その髪飾り、うちの店から万引きした商品でしょう！　よくもまあ堂々と着けて表を歩けたもんだね。ガキのくせして、図々しい！」

女子生徒はパニックになった。友達からもらったのだと弁明したが、離してはもらえなかった。

怒り狂う女性は、ハンドメイド雑貨を委託販売する店の従業員だった。その髪留めは販売リストにありながらも、店から忽然《こつぜん》と消えた一点物であった。

店員は有無を言わせず、女子生徒を店へ連行した。店員から電話を受けた母親は、仰天して取るものも取りあえず駆けつけた。

話し合いの末、通報はされなかった。謝罪と弁償で済んだ。しかし気がおさまらない女子生徒は、翌日登校するなり、泣き喚いて抗議した。

「沙恵ちゃんのせいで泥棒扱いされた！　許せない。もし通報されて、内申に響いてたらどう責任とるつもりだったの？　盗んだものを押しつけるなんて最低！」

クラスは騒然となった。

数日の間、気まずい空気が流れた。しかしぽつぽつと、

「じつはわたしも同じ経験が……」

「沙恵ちゃんと家で遊んだら、小物がなくなって……」

「お気に入りの漫画が一冊消えて……」

と、同調して声をあげる者たちがあらわれた。

噂は静かに、しかし着実に広まった。潮が引くように、沙恵のまわりからは人がいなくなった。

残った友人は直海だけだった。

直海はようやく、なぜ沙恵が半端な時期に転校してきたかを悟った。前の学校でも沙恵は、その盗癖ゆえにつまはじきにされたに違いない。大企業に勤める父親は、母娘だけを引越しさせることで、己の身を悪評から守ったのだ。

「直海ちゃん、ありがとう」

沙恵は直海の手を握って泣いた。

「あたしがこんなだって、わかったのに……まだ友達でいてくれて、ありがとう」

「ううん、お礼なんて言わないで」

直海は微笑み、手を握りかえした。

「わたし、沙恵ちゃんが好きよ。沙恵ちゃんだって、悪気があってやったんじゃないでしょう？」

「そ、そうなの」沙恵はうなずいた。

「自分でも、なんで盗んじゃうかわかんないの。お金ならあるのに、買えるのに。いつも気がつくと、かばんの中に入ってて……」

わかるわ、と声に出さず直海はうなずいた。わたしにはわかる。

頭が白くなる一瞬。陶酔にも似た空白。欲しくもないものを手が握っていると知ったときの、あの戦慄と恐怖。全身を浸す汗。なのに心の片隅で覚えてしまう、えもいわれぬ充足感。

鼻を真っ赤にしてすすり泣く沙恵を、いとおしいと直海は思った。

——わたしの共海ちゃん。

この子は、共海ちゃん以上に共海ちゃんだ。わたしの半身。母の胎内で干からびてしまった、わたしの大事な片割れ。

「大丈夫よ」

嗚咽で揺れる沙恵の肩に、直海は腕をまわした。

「大丈夫。わたしがそばにいるから。——わたしだけは沙恵ちゃんの味方よ。ずっとずっと味方」

その後も沙恵の盗癖はおさまらなかった。直海もまた、止めなかった。

「直海ちゃん、これ、あげる」

沙恵はしばしば、薄膜がかかったような眼をして盗品を差し出してきた。うっとりと幸せそうですらあった。そんな沙恵を見るのが、直海は好きだった。

「ありがとう、沙恵ちゃん」

笑顔で受けとったあと、直海は盗品をもとの持ち主に返した。

七割はクラスメイトの所持品で、二割は校内の誰かのものだった。持ち主を割りだせなかったぶんは、ひそかに捨てた。

当然ながら沙恵の評判は地に堕ち、直海の株は上がった。

「直海ちゃんってえらいよね。よくあの人と一緒にいられるね」

「どうしてあんな人にやさしくできるの。絶対あたしなら無理」

クラスの女子生徒たちは、ため息まじりに直海を誉めそやした。担任教師も学年主任も賛嘆の視線を送ってきた。

直海の両親はその頃、別居期間に入っていた。

父は祖母とともに賃貸マンションへ移った。直海と母親は、莫大なローンが残る一戸建てに残された。

母は荒れ狂い、昼間から酒を飲んだ。直海が帰宅すると、母がつぶれた空き缶とともに大いびきで床に転がっていた。カーテンにも絨毯《じゅうたん》にも壁紙にも、アルコールと煙草の匂いが染みついた。

そんな母を置いてふらりと街へ出ると、いつも右手が動いた。ビーズの入った小瓶。リップクリーム。安物のハンカチ。くだらない品々だった。直海はそれを、こっそり沙恵のかばんに入れた。

「どうしよう、直海ちゃん。あたしまたやっちゃった」

かばんを開けて半べそ顔になる沙恵を見るたび、直海は愉悦を感じた。沙恵の涙が、潤んで揺れる声がいとしかった。

ある日の授業中、直海はななめ前に座る沙恵をふと目に留めた。

沙恵は背すじを伸ばし、真正面の黒板を見つめていた。両手は机の下にあった。よく見ると彼女は、シャープペンシルを利き手ではない左手に握っていた。

直海はさらに目を凝らした。

沙恵は机の下で、シャープペンシルの先を己の右腕に深く突き刺していた。力のこもった左手が、小刻みに震えていた。

黒板を、沙恵は見つめつづけていた。その横顔は白かった。唇も色を失ってわなないていた。衝動をこらえているのが、痛いほどわかった。

——沙恵ちゃん、きれい。

直海は彼女に見とれた。

教師の声は、右の耳から左の耳へ抜けた。教室に——世界に、沙恵と自分と二人きりのような気がした。

同じ週、直海は夕暮れに染まる街で父を見かけた。

父は見知らぬ若い女と一緒だった。腕こそ組んでいなかったものの、ひどく距離が近かった。肩と肩とが触れあっていた。父のあんな笑顔をはじめて見た、と直海は思った。

帰宅すると、右手が見知らぬライターを握っていた。

直海は翌日登校するなり、ライターを沙恵のかばんに入れた。

沙恵との仲に〝彼〟が割りこんできたとき、二人は三年生になっていた。

クラス替えはなく、その年も直海と沙恵は同じクラスだった。

「直海ちゃん、紹介するね。彼は青山《あおやま》くん。塾で一緒なの」

「よろしく」

短くそう言い、はにかんだ笑顔で青山は頭を下げた。沙恵とお似合いの美少年だった。

長身で手足が長い。ぴしりとアイロンが利《き》いたシャツと、白い歯が清潔だった。

駅で彼と別れたあと、直海は顔を寄せて沙恵にささやいた。

「青山くんって、沙恵ちゃんの〝あのこと〟、知ってるの？」

むろん盗癖のことだ。沙恵は唇を噛んで「ううん」と首を振った。

「ううん。塾ではまだばれてないから。誰とも仲良くならないで、誰にも近づかないようにしていたの」

「なのに、青山くんとは仲良くなっちゃったの？」

「最初は挨拶しかしてなかったのよ。でも何度か話しかけられてるうちに、なんとなく……」

声音に後悔が滲んでいた。だがその底に、淡い期待が沈んでいるのを直海は嗅ぎとった。彼とならうまくいくのではないか、今度こそ自分は変われるのではないか、という期待が。

「すてきな人だったね」

われながら平板な声で、直海は言った。

その日を境に、沙恵と直海は青山をまじえて三人で会うようになった。映画を観たり、ファストフード店で期間限定のハンバーガーを食べたり、ゲームセンターで遊んだりした。図書館で待ち合わせて勉強することもあった。

「二人で遊びなよ。わたしは邪魔でしょう」

と直海が言うたび、「ついてきて」と沙恵は目を潤ませた。

「二人っきりのときに〝失敗〟するのが怖いの。お願い直海ちゃん、一緒にいて」

しかし沙恵の心配とは逆に、彼女の盗癖はおさまりつつあった。親友と恋人を得た沙恵は、傍目にもみるみる安定していった。

対照的に、直海の精神は崩れる瀬戸際だった。

帰宅した途端、いやでも嗅がされる母の酒くさい息。空き缶と空き瓶ばかりが溜まっていく家。火の気のないキッチン。空っぽの冷蔵庫。

教師が向けてくる期待の視線。明るくなっていく沙恵。クラスメイトのつまらない冗談。やりたくもないのに押しつけられる学級委員の役目。沙恵の笑顔。沙恵の、青山を見る目つき。

やがて季節が変わり、冬が訪れて十二月となった。

来たるクリスマスに向け、街は緑と赤と金いろで満たされた。

「青山くんにプレゼント買わなきゃ。直海ちゃんも一緒に選んで」

そう沙恵に頼まれ、放課後にバスで市内のショッピングセンターへ向かったのは、イヴの一週間前であった。

さすがに沙恵は「イヴも三人で過ごそう」とは言わなかった。

二人はスポーツショップでスニーカーの値札を見てため息をつき、本屋を一周し、文具専門店で革製のペンケースや定期入れを物色した。

「あ、あのマフラーいいんじゃない」

直海は雑貨屋の前で足を止めた。

「いい色。青山くんに似合いそう」

渋いブルーグレイのマフラーだった。沙恵も立ち止まり、上半身だけのマネキンが巻いているマフラーを見つめた。

「そうかな、似合うかなあ」

「寒色系が映える顔立ちだと思うんだよね。ねえ沙恵ちゃん、お店入ろうよ。近くで見てみよう」

直海がうながすと、沙恵は逆らわずについてきた。

マネキンが巻いているのと同じマフラーは、残念ながら棚にはなかった。しかし同色の、ざっくり編まれたニット帽があった。

「こっちもいいね。どうする？」

「え……どうしよう」

「店員さんに、マフラーの在庫があるか訊いてみようか」

「うん……」

しかし店員は、ほかの客と談笑中だった。沙恵は首を伸ばし、店員の視線を惹くべく何度か手を挙げた。

直海はニット帽を棚から抜いた。沙恵と店員の注意は彼女に向いていなかった。監視カメラの位置からもうまく隠れていた。確信を持って、直海は沙恵のかばんへニット帽を滑りこませた。

結局、プレゼントは決まらなかった。二人はショッピングセンターを出た。帰りのバスに乗り、それぞれの停留所で降りて別れた。

その夜、沙恵から電話はなかった。

帰宅してかばんを開け、ニット帽が入っていると沙恵は知ったはずだ。だがいつもの「どうしよう直海ちゃん、またやっちゃった」の涙声は、聞けずじまいだった。

青山をまじえて三人で会えたのは、二十七日の午後である。

彼はブルーグレイのニット帽をかぶっていた。沙恵の首もとには、見慣れないガーネットのネックレスが光っていた。ガーネットが沙恵の誕生石だと、とうに直海は知っていた。

直海はどちらの品にも触れず、

「今日、寒いね。夜から雪になるらしいよ」と言って微笑んだ。

ニット帽が盗品だとばれたのは、年明けだった。

青山と沙恵は二人きりで初詣に出かけていた。その帰り道、店員に見つかって捕まり、交番へ連行されたのだ。

くだんの店が、いつぞやと同じくハンドメイド雑貨店であることも、一点物ばかりだということも直海は知っていた。知っていて店内に入るよう誘導し、商品を誉め、沙恵のかばんに仕込んだ。

青山の両親は激怒したそうだ。沙恵の母親だけでは話にならないと、父親までもが呼びだされた。何日も何日も話し合いがつづいた。

三学期を待たず、沙恵は転校していった。

高校受験直前の転校だ。別れを言ういとまもなかった。親子ともに、苦渋の選択に違いなかった。

なぜか直海は、沙恵がいなくなってからも青山と会いつづけた。彼に誘われるがまま図書館で一緒に勉強し、「息抜きに」と恋愛映画を観に行った。

「高校に合格したら、付き合ってくれないかな」

ある日、青山は目の縁を赤くして直海にそう告げた。

直海はでくのぼうのように、

「うん」

と平たい声でうなずいた。

バレンタインデイに、直海は青山にチョコレートを贈った。三月初旬に合格発表が相次ぎ、二人はそれぞれの志望校に無事受かった。

ホワイトデイは駅前のカフェで会った。青山はアネモネの鉢《はち》とキャンディを「これ、お返し」と恥ずかしそうに渡してきた。

直海の唇が、自然にひらいた。

「沙恵……」

「え？」青山の眉が曇る。

「沙恵から、連絡あった？　いまどこにいるとか知ってる？」

「いや」

青山の眉間に刻まれた皺を、直海はコーヒーの湯気越しに眺めた。

「なにも知らないよ。あれっきり連絡してないし……。ていうか、忘れてた。いま直海ちゃんに言われて、ああそんな子もいたっけなーって思いだした感じだよ」

あきらかに嘘だった。頬が引き攣っていた。

青山と別れたあと、直海はキャンディと鉢を駅のゴミ箱に捨てた。未使用で盗品以外を捨てたのははじめてだった。

以後、直海は二度と青山に会わなかった。もちろん沙恵ともだ。

沙恵がどこに転校したのか、いまどこにいるのか――。いまもって、直海はなにひとつ知らない。

高一の夏、祖母が死んだ。

蜘蛛膜下出血での突然の死だった。皮肉なことに、葬儀の準備のため母は酒を断つようになった。父とも顔を合わせざるを得なかった。なぜか葬儀の席では、父でなく母ばかりが泣いていた。

祖母の死から三箇月後。

父はマンションを引きはらい、母と直海の住む家に帰ってきた。

アルコールと脂《やに》の悪臭が染みついた壁紙は、ただちに張り替えられた。煙草の焼けこげだらけの絨緞は新品に替わった。母は週一度のカウンセリングに通いはじめた。

父は毎日定時で帰り、家で夕食をとるようになった。空っぽだった冷蔵庫は食材で満たされた。金切り声と嗚咽が消えた邸内に、夫婦の話し声が響いた。

しばらくの間、両親は別々に寝ていたようだ。しかし、じきに寝室をともにするようになった。

母はふたたび若く美しくなった。

父はやたらと週末に「親子三人でのお出かけ」を求めた。直海の成績に目を見張り、

「鳶《とんび》が鷹《たか》を生んだってやつだな。直海はおれたちの、いいとこだけ集めて生まれてきたんだなあ」

と顔をくしゃくしゃにして笑った。

気づけば母は、「共海ちゃん」の名を口にしなくなっていた。

生まれてはじめて直海は〝平穏な家庭〟の空気に包まれた。

だが盗癖がおさまることはなかった。

直海はにこにこ顔の母を眺め、猫撫で声で話しかけてくる父を眺め、嘘のように清潔になった邸内を眺め、母の美しい爪を眺め、父のシルクのネクタイを眺めながら、沙恵と共海を思った。

失われた、自分の半身を思った。

「人のものだと思うと欲しくなるって、普通のことだと思うんだけどなあ」

というつぶやきを聞いたのは、高三の春だ。

同じクラスの女子生徒だった。進学クラスの中でも学力は充分なのに、空気に馴染まず浮いた存在だった。

彼女はけして美人ではなく、お洒落でもなかった。見た目は地味そのものだった。伸ばしただけの髪を、首の後ろで無造作に結わえていた。ずんぐりした体形と猫背は、むしろ中年女を思わせた。

にもかかわらず、その女子生徒には男の噂が絶えなかった。人の彼氏を寝取る常習犯だそうで、「おさせ」「ヤリマン」「ハイエナ」等、不名誉な渾名《あだな》を山ほど背に貼りつけていた。

「わたしなんか、ほら、こんなでしょ？　やらせなきゃ誰も相手してくれないよ。だから『あ、欲しいな』って思ったとき、ぱっとやらせちゃうわけ。でもさ、やっぱ誰も振りかえりもしないような男じゃ欲しくないんだよね。なんだってそうでしょ？　いいものは真っ先に売れちゃうじゃん。だから、人の持ちものに手ぇ出したほうが早いの。先に誰かが選んだもののほうが絶対、確実にいいものに決まってる」

彼女は顔をあげ、直海を見た。

「いい悪いは別にしてさ。みんなだって人の持ってるものに興味あるでしょ。欲しくなるでしょ？　わたしのやってること、確かによくないよ？　でも『理解できない』みたいな顔されるのだけは我慢できない。それだったら糞ヤリマンって罵《ののし》られて、石投げられたほうがずっとまし」

彼女はこうも言った。

「直海ちゃん、まだ処女だよね？　人を好きになったことある？」

「え、あ……ううん」

首を振った直海に、彼女は勝ち誇った目をした。

「そう。じゃあいまはわかんないかもね。でも、いずれわかるよ。誰かのものほどいい男に見えて、どんな手段をとってでも奪いたくなる気持ちが、きっとわかる」

そうだろうか、と直海は思った。

通りすがりの誰かが持っているコスメやポーチが、ふっと目に留まる。欲しくなる。手が勝手に動く。

同じなんだろうか。他人の所有物にしか価値を見出せないから、わたしは盗むのか。だったらいつか、わたしも彼女のようになってしまうのか。

高校でも、直海は優等生の仮面を保っていた。

直海の盗癖を知る者は誰もいなかった。年月を重ねるごとに腕は上がり、巧妙になった。祖母はとうに亡く、いまや母でさえ「治った」と思っているのか、口の端にさえのぼらせなかった。

ときおり沙恵が夢に出てきた。

だが目覚めた瞬間、決まって直海は夢の内容を忘れていた。

＊　＊

取調室の窓から差しこむ陽光が、空気中に舞う埃をきらきらと光らせている。

「――あなたは麻生正弘さんを見つけて以来、約半月の間せっせと個人情報を収集した。ゴミ捨て場からゴミを盗み、ＳＮＳを監視した。ここまではいいですね？」

守矢は尋ねた。白髪まじりの頭が、眼前でこくりと動く。

「あの人ったら、すごく無防備なんです」

弾んだ声だった。

「ゴミはシュレッダーにかけるどころか、丸めてすらいない。SNSは実名で、顔写真も会社名も全部プロフィールに晒《さら》しているの。あれじゃ駄目。世間には悪い人がいっぱいいるのよ。あんなお人好しぶりじゃ、いけない人に付けこまれてしまうわ。心配で、とても放っておけない」

楽しそうに言う女を無視し、守矢はつづけた。

「正弘さんはあなたのことを『はじめて接触したのは、三月の上旬だった』と証言していますよ。その点はどうです」

「ええ。確かに三月八日よ。彼、覚えていてくれたのね。スーパーの駐輪場で、わたしから声をかけたんです。彼はやさしくて親切で、思ったとおりの人だったわ」

場所も麻生正弘の証言と一致するな。守矢は思った。

妻が襲われた、との第一報を聞かされた正弘は、

「あの女ですか！」

と叫ぶなり、棒立ちになった。

「なんで妻が襲われたかって？　知りませんよ、こっちが聞きたい！　なんの関係もないのに付きまとわれて、ずっと迷惑していたんだ。いや、何度も警察に通報したし、相談だ

ってしましたよ。でもあの女には、電話で口頭注意が為されただけでした。だから弁護士を通じて、今度こそ正式に接近禁止命令を出してもらおうと動いていたんです。来週にも、さっそく――」

正弘はそこで絶句した。

怒り、悲しみ、不安、絶望。あらゆる感情が一気に押し寄せてきたのだろう。彼は立ちつくし、言葉を失った。

「……はじめてあの女と会ったのは、たぶん、スーパーの駐輪場でした――」

なんとか事情聴取できたのは、三十分以上経ってからだった。

「見たこともない女でした。あとで知りましたが、職場も住居も別方向で、生活圏すら重なっていなかったんです。いったいなぜ、おれなんでしょう。なぜおれが目を付けられたのか、まるでわからない……」

正弘はその週末、体調の悪い妻に代わってスーパーへ買い出しに行ったのだった。リストの食料や雑貨をすべて買い終え、自転車の籠に積み込んだところで、

「あのう」

と背後から声をかけられた。

五十歳前後に見える女だった。粗末な服装と白髪のせいか、やけにみすぼらしく映った。

彼女は目をきょときょとさせながら、

「どうも家の鍵を落としてしまったみたいで……このあたりに、落ちていなかったでしょうか」と尋ねてきた。

正弘は数分、女と一緒に鍵を探してやった。

「ないみたいですね」

「ええ、すみませんでした。ありがとうございます。サービスセンターに届けられていないか、聞いてきます」

女は何度も頭を下げ、離れていった。

正弘が「財布とキイケースがない」と気づいたのは帰宅してからだ。どちらもジーンズの尻ポケットに入れてあったはずだった。

やられた、と思った。あの女に掏《す》られたに違いない。身に覚えはあった。哀れっぽい外見に騙されて、何度も無防備に背中を向けてしまった。

警察に届け出なければ、と思った。だがその前に電話が鳴った。当の警察からであった。

「あなたの財布とキイケースが、遺失物として届けられています」

慌てて正弘は警察署へ走った。署内で財布を確認してみると、現金もカードも無事だった。小銭一枚なくなっていなかった。

女を疑ったことを、正弘は恥じた。自分の不注意を棚にあげて、他人に濡れ衣を着せるなんて――と反省し、せめてもの償いにと、

「拾ってくださったかたにお礼です」

と一万円札を残して署を出た。

数日後、「一万円も、ありがとうございました」と電話があった。例の女であった。番号は警官から聞いたのだという。とくに怪しむことなく、礼を言いあって正弘は通話を切った。

だがその日を境に、彼の周囲で不可解なことが起こりはじめた。

まず無言電話が相次いだ。はじめのうちは一日に二、三回だったが、次第に頻度が上がっていった。

仕事にも使っている番号のため、変更はできない。公衆電話からの発信も拒否できなかった。しばらくは非通知拒否設定にしてしのいだ。しかし無言電話は執拗だった。十日としないうち、公衆電話着信も拒否せざるを得なくなった。

フェイスブックにはおかしなメッセージが相次いだ。

「わたしを見て」、「いつもあなたを見てる」、「迎えに来て」、「運命の出会い」、「わたしたちは引き裂かれた半身」、「出会う運命だった」、「早く結ばれたい」、「絆を確かめましょう」……。

ポストには色々なものが投げこまれた。最初は手作りらしきクッキーだった。次に週末ごとに、ハート形のメッセージカードが届くようになった。切った爪入りの小瓶や口紅付きのティッシュが投入されるにいたって、さすがに異常だと思った。正弘は管理会社の許しを得て、ポストに鍵を取りつけた。

妻には隠しとおした。妊娠が判明したばかりの彼女に、よけいな心労を与えたくなかった。

正弘はフェイスブックのメッセージに、

「迷惑だ。やめてください」

ときっぱり返信した。

以後、フェイスブックを通しての接触は止んだ。代わりに翌週から、生身の女が身辺をうろつくようになった。

女は彼の両隣の住人を訪ね、

「正弘さんはもうすぐ離婚します」

「じきにいまの妻と別れて引っ越しますから、よろしく」

と頭を下げていったという。隣人たちから報告を受け、正弘は震えあがった。

「その女……、どんな女でした？」

「五十歳くらいでしたよ。見るからに、ちょっとまともじゃない感じ。汚い服を着て、白髪だらけでにやにや笑って」

その刹那、正弘はストーカーの正体をようやく悟った。

あの女だ。スーパーの駐輪場で会ったきりの女だ。あの財布は、やはり自分が落としたのではなかった。中身は手付かずだと思ったが、個人情報が抜かれたのか。

正弘は蒼白で自宅に駆けこんだ。

怪訝《けげん》そうな目を向ける妻に、

「最近、おかしな女に話しかけられたことはないか。いやがらせはされていないか。なにか、変わったことはないか?」

と詰め寄った。

もはや隠しておける段階ではなかった。妻は戸惑いながらも答えた。

「そういえば昨日の朝、ゴミを出してから戻ったら、テーブルの上に変なものがあったわ」

「変なもの?」

「ハート形のメモ用紙よ。なにも書いてないのが一枚だけ。新聞の中にでも挟まってたのかと思って、捨てちゃったけど」

「鍵は、かけて出たんだよな?」

「もちろん。戸締りと火の始末だけはちゃんとしようって、結婚するとき約束したじゃない」

キイケースだ——。正弘は確信した。

あのとき、財布とともに掏られたキイケース。合鍵が複製されたに違いない。ケースにはマンションと車の鍵、実家の合鍵を付けていた。

全身から血の気が引く思いだった。

あの女は、わが家に侵入したのだ。何度だろう？　一度や二度とは思えなかった。家中のすべてが、急に汚らわしく感じられた。食器、グラス、浴槽、ベッド。なにもかも、あの女の手で汚染されている気がした。

正弘はふたたび管理会社に連絡し、玄関の鍵を替えた。実家にも「費用は出すから」と頼みこんで、同様に鍵を替えさせた。警備会社と契約し、あらゆる窓にアラーム付きのセンサーを取り付けた。

しかし恐れていた事態は起きた。

女の標的が、正弘から妻に移ったのだ。

それでなくとも妊娠中でナーヴァスになっている妻だ。医師からマタニティブルーと診断され、院内でカウンセリングと指導を受けている。これ以上の心労は、母子ともに危険であった。

正弘は警察に「なんとかしてくれ」と再三訴えた。

警官から女へ、電話で口頭注意がなされた。しかし焼け石に水だった。

女は警官の巡回をかいくぐり、マンションのまわりをうろついた。昼夜を問わず、彼ら夫婦を監視した。ドアには卑猥な落書きメモが貼られ、自転車のタイヤは何度も空気を抜かれた。

正弘は会社に相談し、弁護士を雇った。

マンションは駅に近い好物件だ。かかりつけの産科医院とも近い。引っ越したくはないが、もはや悠長にかまえてもいられなかった。

「こ、今度こそ、接近禁止命令を出してもらおうと動いていたんです。その矢先です。ほんとうに、その矢先――」

守矢の前で、正弘は言葉を失い、顔を覆った。

すすり泣きが、指の間から洩れる。悲痛な泣き声だった。そんな正弘を、国枝が同情と義憤の入り混じった顔で見おろしていた。

――この女は麻生正弘のどこに、それほど惹きつけられたのだろう。

守矢は手の中でペンをまわし、女を眺めながらひとりごちる。

正弘はとくに美男子ではない。中肉中背で、容姿も服装も平凡そのものだ。一方、被害に遭った細君は美人だった。彼女が男にストーキングされていたというなら、大いに納得がいく。

「ところで……」

守矢が口をひらいたとき、取調室の扉が開いた。入ってきた捜査員が、国枝の耳に口を寄せる。国枝の顔色が変わった。よくない報せだ、と守矢は瞬時に見てとった。

こりゃあ聴取のテンポを速めないといかん。咳払いし、姿勢を正す。

「それでですね。麻生さん――」

「いい加減にしろ！」

怒声が室内に響いた。守矢は息を呑み、肩越しに振りかえった。

国枝だった。彼は憤怒で顔を紅潮させていた。国枝は女に大股で歩み寄ると、その薄い肩を摑んだ。

「やめろ国枝」

守矢は腰を浮かせた。しかし国枝は手を離さなかった。

「ふざけやがって、なにが『麻生直海です』だ！」

摑んだ肩を、乱暴に揺さぶった。

「麻生正弘さんの奥さんは――本物の直海さんは、たったいま病院で息を引きとったぞ！　これでお前は、正真正銘の殺人犯だ！」

「おい、よせ国枝」

「赤ちゃんも駄目だったんだぞ。満足か。この人殺しが！」

国枝の眼球は真っ赤に血走っていた。

罵倒を浴びて揺さぶられながら、麻生直海でない女は――須藤容子《すどうようこ》は、ゆったりと微笑んだ。

＊　＊

容子の記憶の中の父は、いつだって怒り顔だ。

――なんでおまえが生きてやがるんだ。

――生き残ったのが、なんでおまえのほうなんだよう。

――頼むから死んでくれよ。死ね。死ね。死ねよ……。

母は、容子が四つのとき死んだ。

夏だったそうだ。両親は幼い容子を連れ、社員旅行でキャンプ場を訪れていた。ほかの家族とともに川岸でテントを張り、中洲でバーベキューを楽しんだ。

容子には、かけらたりともその日の記憶はない。すべては酔った父の繰り言から聞かされたことだ。

大人たちが気づいたとき、すでに容子は溺れていたという。母は容子を助けようと川に飛び込み、流れに飲まれて死んだらしい。

容子は水に顔を浸けるのが嫌いだ。だが、それはこの日のトラウマゆえではない。母の記憶もない。気づいたときにはいなかった人――。容子にとって、母はその程度の存在だ。

幼い容子の全世界を占めていたのは、父だった。

父は母の死後、すぐに会社を辞めた。溶接工の資格を持っていた父は、それ以後は日雇い労働をして暮らすようになった。

腕は悪くないため、仕事には困らなかったようだ。しかし給金のほとんどを、父は飲み代と競輪に使ってしまった。

「なんでおまえが生きてやがるんだ」

「なんで生き残ったのが母ちゃんじゃなくて、おまえのほうなんだよう」

酔うと父は、そう泣きながら容子を殴った。

酒気のないときは、やさしすぎるほどやさしい父だった。容子を膝に乗せ、飽かず頭を撫でていることもあった。デパートのレストランで、お子様ランチやクリームソーダを食べさせてくれた日もあった。

容子は思った。

――お父さんが悪いんじゃない。

――お酒がいけないんだ。そして、わたしが悪いんだ。

父から母を奪ったわたしが。

工事現場を渡り歩いて、父と容子は各地を転々とした。むろん転校手続きなど、二の次だった。容子は小学校にも中学校にもろくに通っていない。読み書き算盤は、定宿の女将から習い、最低限の行儀は父が連れこむホステスの女に仕込まれた。

女を連れこめなかった夜の父は、深酒をして荒れた。

「母ちゃん、なんで死んじまったんだよう」

「おれぁガキなんかいらなかったんだ。おまえさえいてくれりゃよかったのに……どうしても産むなんて言いやがって……。ほれ見ろ、結局そのガキに、殺されちまったじゃねえか。ざまあねえや……」

そんな夜の父は、決まって容子を捕まえて水責めにした。水を張った洗面器に、無理やり顔を浸けるのだ。

手を縛り、髪を摑んで、洗面器の水に顔を沈める。

気を失う寸前に引きあげられ、また浸けられる。

「――死んでくれ」

容子を水責めにしながら、父は啼泣《ていきゅう》していた。

「頼むから死んでくれよ。死ね。死ねよ……」

容子は十一歳まで、父から殴る蹴るの暴力、罵倒、水責めの虐待を受けつづけた。十二歳を超えるとそれ以外の虐待が加わった。

　父が布団にもぐり込んでくるようになったのだ。

「おまえが悪いんだ」父は言った。

「おまえのせいで母ちゃんは死んじまったんだから、おまえが代わりをしなくちゃなんねえ……。母ちゃんがしたように、おれを慰めてくれねえとなんねえ」

　父がそう言うならそうなのだろう、と容子は思った。

それは痛いだけでなく、気持ちが悪かった。父はしばしば耳もとで「気持ちいいか」、「父ちゃんのこれが好きか」と訊いてきた。

好きになれたことは一度もなかった。しかし容子はその都度「うん」、「好き」と機械的に答えた。

　父以外の男に、はじめて抱かれたのは十四歳の春だ。

　相手は父と同じ現場で働く鳶職人で、まだ十代だった。

　男はやさしかった。容子を好きだと言ってくれた。はじめて容子は、かすかに快感らしきものを覚えた。

　だが二、三回抱かれたあと、容子は男との関係を切った。男が好きだった。なのに、そばにいると不安になった。心から安らげなかった。

容子は年齢をごまかし、十五歳から夜の店で働くようになった。何人もの男と知りあい、寝た。

中でも容子は弱い男に惹かれた。

容子に頼ってくれる男。容子がいなければ酒に逃げるしかない男。うまくいかないことはすべて容子のせいにし、泣きながら殴ってくる男。そんな男たちのそばにいると安らげた。必要とされている、と思えた。

父との体の関係は、まだつづいていた。しかしこの頃には嫌悪しかなかった。逃げたいという思いが、日に日に膨れあがっていた。

だが撥ねつける踏ん切りがつかぬまま、容子は店の客と寝て、店長と寝て、父と寝た。年を重ねるごとに、感じるふりばかりがうまくなっていった。

二十一歳のとき、容子に人生の転機が訪れた。結婚だ。

相手はいつも指名してくれる上客で、三十代なかばの会社員であった。結婚を申し込まれたとき、容子は尻込みした。

「駄目だよ。わたしみたいな女を連れていったら、親御さんが悲しむよ。この商売しか知らないし、学校だってろくに行ってない……」

「大丈夫やって。サユリの人柄知ったら大丈夫。うちの親かて、めろめろになるわ」

〝サユリ〟は当時の源氏名であった。

男は目を細めて言った。

「苦労しとる女のほうがええんや。苦労を知らん女と苦労しとる女とでは、心の根っこが違うさかいな。ずっと前にサユリ、『生きてきて、楽しいことなんかなにもなかった』言うてたやろ？　あれ、ずきんと来たわ。これからはおれが、サユリに楽しいこと、ようけ教えてやりたいねん」

容子は店を辞めた。父とも連絡を断ち、遠い街で彼と結婚した。

しばらくは安穏な日々がつづいた。夫のために掃除をし、洗濯したシャツにアイロンをかけ、夕飯をこしらえて帰りを待った。

夫は性欲が強いほうだった。ほぼ毎晩求められた。断ることなく応じたが、容子は相変わらずほとんど感じなかった。満足している演技だけを重ねた。

籍を入れて約一年後、容子は妊娠した。

妊娠は、容子たち夫婦の生活をがらりと変えた。それまで寛容だった夫の両親や親戚が、いちいち口出ししてくるようになったのだ。

「人の親になるんやし、いつまでも子供じゃいられへんよ」

「お父さんと、そろそろ仲直りせなあかんね」

「折り合いが悪い？　そんなん言うたかて血縁なんやから。ほれ、『血ぃは水より濃い』

て、よう言うやんか」

「なんやかんや言うたって、親は親やで。失くしてはじめてわかるんや。容子ちゃんには、うちと同じ後悔させたないねん」

「血からは逃げられへんのよ」

真綿で締めつけるような、善意の押し付けであった。容子は救いを求めて夫を見た。だが、無言で目をそらされた。

ああそうか、と容子は思った。

やはり自分の人生はこうなるのか。殴られない、叩かれない、誰にも罵られない人生は、やはり自分には贅沢品でしかないのか。

そう思いながらも、容子は心の片隅でほっとしていた。蔑《さげす》まれず、一人の男だけに股をひらいていればいい生活は、好ましいけれどいつもどこか不安だった。こんなはずはない、と常にもう一人の自分がささやいていた。

こんなはずはない。母殺しのあんたが、穏やかな幸せなぞ摑めるはずがない——と。

いつしか夫は、繰りかえし容子に請うようになった。

「伯母さんらは、お節介やさかいな。おまえが大人になってこらえてくれや」

「はいはい言うといたらええんや」

「まあ伯母さんらの言うことも一理あるで。生まれてくる子ぉのためにも、お祖父ちゃんはいたほうがええわ」

だが容子は、けして首を縦に振らなかった。次第に夫は苛立ちを隠さなくなった。聞こえよがしに舌打ちすることも増えていった。

そんな日々の中、役所から連絡があった。

父が倒れたというのだ。入院させるので保証人が必要だ、退院後の面倒をみる余裕はあるか――という電話であった。

「容子、病院に行ったりぃな」

夫は言った。

「なんやかや言うても親子なんやろ？　保証人の欄にサインしたるくらい、ええやないか。おまえ、ちっと不人情すぎひんか」

「いやよ」

「いやて、おまえ……」

夫はそれきり黙った。だが容子を見る瞳に、濃い嫌悪が浮いていた。

なにか言ってよ。容子は思った。

こんな女との結婚を後悔しているんでしょう。わたしを軽蔑しているんでしょう？　だったら罵ればいいじゃない。殴って、叩いてよ。おまえなんかいらないと、死ねと言ってよ。

――頼むから死んでくれ。死ね。死ねよ……。

鼓膜の奥で父がすすり泣いていた。

数日後、容子は流産した。

離婚した容子は、ふたたび夜の店に戻った。

退院した父を引きとり、指名客と流れ作業のように寝た。何人か情夫もできた。どの男も容子を殴った。殴られながら、容子は安らいでいた。

めっきりと弱った父は、夜ごと彼女の手を握っては、しゃくりあげるように泣いた。父は亡き妻の名で容子を呼んだ。容子は訝った。容子のよの字も口にしなかった。

この男は誰だろう。

この棒切れのように痩せた、弱よわしい爺いは誰だろう。

――思えば父が〝わたし〟を見たことなど一度もなかった。

父にとって容子は、妻を奪った憎い存在でしかなかった。女として使いものになるまで育つと、今度は妻の代用品にした。家事をさせ、性行為を強いた。

――死ねと喚いている間だけだ。父がわたし自身を見てくれたのは。

すくなくともあの殺意は本物だった。〝わたし〟を殺そうとしていた。ほかの誰でもないわたしを。

容子は店を退職し、縫製会社でパートの事務をはじめた。稼ぎは半分以下に減った。容子は服や靴の大半を売り払った。月一回の美容院通いをやめ、化粧も白髪染めもやめた。

翌年、父はあっけなく死んだ。誤嚥《ごえん》性肺炎であった。

葬儀はせず直葬にした。火葬場からの帰り、容子は用もなく電車に乗った。網棚に遺骨を置き、さも忘れたふりをして手ぶらで降りた。

降り立ったのは、知らない街だった。

あてどもなく歩いた。土曜日の街は人が多く、誰もが笑顔だった。コートも着ずふらふらと歩く容子を、気に留める者はいなかった。

ふいに背後から、男の声がした。

「――おまえ、死ねよ」

笑いを含んだ声だった。父の声に似ていた。

容子は振りかえった。

男が二人、笑いながら小突きあっていた。「死なねぇよ、ひがむなよ」、「くっそ、今度なんか奢《おご》れよな」、「うるせえ。言ってろ」……。

友人同士の軽口らしかった。どちらも三十代に見えたが、学生じみた口調と態度だった。

男たちは手を上げて別れ、別方向に歩きだした。

片方を、容子は追った。

「死ねよ」と笑顔で言った男だった。

彼と同じ電車に乗り、同じ駅で降り、尾行した。男は一度も振りかえらず、まっすぐ自宅らしきマンションに入っていった。

彼が入り口近くのポストを開け、郵便物を取りだす。容子はその動作をガラス戸越しに見つめ、ポストの位置を記憶した。

翌日、容子は電車で男のマンションへ向かった。なにをするでもなく、ただ眺めて帰った。翌日も、その翌日もそうした。

郵便物を盗んだのは六日目のことだ。

男の名がわかった。麻生正弘。二〇六号室の住人。同室の、麻生直海宛の郵便物もあった。妹とは思えなかった。きっと夫婦だろう。

容子はネットで〝麻生正弘〟の名を検索した。フェイスブックがひっかかった。マンション名で検索すると、間取りや防犯設備の有無もわかった。

容子はスーパーの駐輪場で正弘に声をかけ、財布とキイケースを掏りとった。合鍵を作り、財布のカード入れから行きつけの美容院や医院、薬局、家電量販店を把握した。

足しげく容子はマンションに通った。

ポストに手製のクッキーやメッセージカードを入れた。フェイスブックに何度もメッセージを送った。直海が出かけるのを見届け、何度か合鍵で侵入した。

縫製会社は、この頃には辞めていた。

やがて正弘から拒絶の返事が来た。嬉しかった。ようやく彼の視界に入れた、と思った。

わたしを見て。容子は願った。わたしを見て、憎んで。父に似たその声で、死ねと言って。殺したいほどわたしを邪魔だと、憎いと思って。

やがて容子は、ターゲットを妻の直海に移した。

彼女が妊娠している、と気づいたからだ。

日に日にせりあがっていく直海の腹には、あの日流れてしまった容子の子がいるはずだった。だって正弘の妻は自分だ。正弘の子なら、わたしの子だ。

奪いかえさねば、と容子は誓った。

正弘も、お腹の子も、〝麻生直海〟たる妻の座もだ。どちらもわたしのものだ。あの女から、取り戻さなければならない。

容子はアウトドアショップのネット通販で、薪割り用の鉈を購入した。

刃の背部厚七ミリ、刃渡り二十一センチ。グリップは滑りにくいラバー製だった。研ぎ石でさらに刃を研ぐと、どきどきするような輝きを放った。

決行の日、容子はまっすぐ産科医院へ向かった。

直海の検診日は調べてある。カウンセリングの先生がいる水曜日、と決まっていた。直海が医院を出て、タクシー乗り場へ向かう途中を容子は襲った。

「泥棒猫！」

背後から容子は叫んだ。

肩越しに振りむいた直海の瞳に、自分の姿が映っていた。瞳の中の容子は鉈を振りかざし、口を大きく開けていた。

「死ね！」

容子は鉈を振り下ろした。

刃は直海の右肩にざっくりと食いこみ、骨を断ち割った。手ごたえがあった。肉の柔らかさと、骨の硬さをまざまざと感じた。

「殺してやる、泥棒！」

直海は悲鳴すらあげなかった。その右腕はいまや、肩からかろうじてぶら下がっていた。容子はふたたび刃を振り下ろし、腕を完全に切断した。直海は半回転し、声もなく地面に倒れた。

「死ね、死ね、死ね――」

容子は虚空に向かって鉈を振りまわした。道の向こうで、通行人が口を開けて見ていた。その顔を眺めながら、ああ、この言葉が欲しかったんじゃない、と彼女ははじめて気づいた。

わたしはこの言葉を言ってほしかったんじゃない。

ずっと〝言いたかった〟んだ。

生きていて楽しいことなんてなかった。ひとつもなかった。みんな死ね。死ね。死んじまえ。殺してやる――。

鉈を振るいながら、容子は微笑んでいた。幸福だった。

地面に倒れて痙攣する直海も、なぜか微笑んでいるように見えた。

＊

＊

二十七歳の春、直海は麻生正弘と結婚した。

彼は直海が勤める会社の、下請けの営業社員であった。

母は「もっと条件のいい人がいるんじゃない」と渋った。しかし父が正弘の穏やかな人柄を気に入ったため、縁談はとんとん拍子で進んだ。

正弘を、それほど好きなわけではなかった。かといって嫌いでもなかった。

恋愛感情の何たるかが、直海にはどうしてもわからなかった。

人のものだから欲しくなる、と言った同級生を、時おりふっと思い出した。そのたび、彼女と自分ではどちらがましなのだろう、と考えた。

親の希望で、式と披露宴には金をかけた。

花束贈呈で直海の母は号泣した。直海は微笑みながら、母の涙を他人事のように白じらと眺めた。

結婚生活は二年間、平穏だった。だが三年目に入ると、

「そろそろ赤ちゃんを」

「おめでたい報告はまだ？」

と周囲からせっつかれるようになった。

正弘は「デリカシーないなあ、急かすなよ」と笑い、直海は「授かりものですから」とやんわりかわした。

彼女の心中の激しい波立ちに、誰ひとり気づきはしなかった。

――遺伝したらどうしよう。

右手の悪癖は、いまだ治っていなかった。

ばれずにここまでこれたのは、単に運がよかっただけだ。平常の直海が、周囲から信頼を集めていたせいもある。

学校を卒業してのちも直海は優等生のままだった。職場でも、近所付き合いの場でも、夫の前でも非の打ちどころなく振るまった。ストレスのすべては、右手の動きが晴らして

くれた。

——わたしのような子が生まれてしまったら、どうしよう。

自分のことならば対処できる。しかし子供は。

想像しただけで恐怖が襲った。まだ年端もいかぬ、右も左もわからぬ子が、誰かのものを盗ってきてしまったら。

わたしは祖母のようになるだろうか。それとも母のようにか。

どちらもいやだった。恐ろしかった。

ピルを処方してもらおうと婦人科へ赴いたが、遅かった。その日の健診で妊娠が判明したのだ。

直海は愕然とした。そういえば生理が遅れていたが、ストレスのせいだと思いこんでいた。妊娠六週目だと告げられ、直海はうつろに帰宅した。

対照的に、正弘は狂喜した。

「直ちゃん、今日から重いものは持つなよ。毎日の風呂掃除はおれがする。あ、高いところにあるものも、おれが取るからな。踏み台には絶対乗るなよ。おれが帰ってくるまで待ってればいいんだ。階段にも注意するんだぞ」

そして取ってつけたように、

「ポストはいままでどおり、おれが確認する。直ちゃんは下まで見に行かなくていいからね」と言った。

直海は彼の言葉をうわのそらで聞いた。

頭の中では、医師から聞かされたばかりの言葉が空疎にまわっていた。

――エコーで胎嚢《たいのう》を確認しました。胎芽がふたつ視認できましたから、双胎妊娠ですね。おめでとうございます。

次の健診で、直海は医師に不眠を訴えた。弱い眠剤が処方された。効かなかった。不眠は頭痛を呼び、頭痛は右手の悪癖を呼んだ。

医師に「胎芽がひとつ消えている」と告げられたのは、十一週目の健診でだった。いわゆるバニシングツインだ。

直海と共海。またしても生まれなかった、共海。

その頃からつわりがはじまった。体内に異物がいるのだ、と実感した。生まれてくる子が干からびた片割れを握っている姿さえ、まざまざと想像できた。

直海は極力、外出しないようになった。

健診だけは避けられなかったが、待合室では左手に隠し持ったペンで右手を突き刺し、必死に衝動を抑えた。かつて沙恵がやっていたのと、そっくり同じに。

ストーカーの存在を知ったのは、妊娠十五週目だ。

家の中でしばしば起こる違和感には気づいていた。だが自分のせいだと思っていた。テーブルの上にあった片方だけのイヤリングも、香水が染みこんだハンカチも、また自分がやってしまったのだと思い、すぐさま捨てていた。

　しかし夫に、

「最近、おかしな女に話しかけられたことはないか。いやがらせはされていないか。なにか、変わったことはないか？」

と尋ねられた瞬間、ああ違うのだと悟った。彼の表情が、声音が、そう語っていた。

――誰かがこの家に出入りしている。

　見知らぬ者が合鍵を持って、知らぬ間に。

「でも誰が？　どうして？」

　夫に訊くと「わからない」と即答された。

「わからない。でもこれだけは信じてほしい。おれは浮気なんかしてないし、よその女に誤解されるような真似もしてない。直ちゃんを、絶対に裏切っていない」

　その言葉に嘘の匂いはなかった。生涯を通じて他人を欺きつづけてきた直海には、容易に嘘と真実とが嗅ぎとれた。

――だったら。

　直海は思った。

だったら、わたしだ。夫に身に覚えがないのなら、わたしのせいだ。

わたしならば、身に覚えは数えきれないほどある。恨みをかうのも、悪意を受けるのも理解できる。全部わたしのおこないゆえだ。積み重ねてきた罪を、ようやく償うときが来たのだ。

脳裏に、沙恵の白い顔が浮かんだ。

毎週のカウンセリングと健診を終え、診察料を払って直海は医院を出た。お腹の子は順調に育っていた。

性別は六箇月目にわかった。女の子であった。

「一姫二太郎っていうもんな。最初はやっぱり女の子がいいよな」

と正弘は手ばなしに喜んだ。義理の両親も、直海の両親も彼に同意した。皆、この子が生まれるのを待ち望んでいた。直海以外の皆が。

いつものように、直海はタクシー乗り場へ向かった。

体が重い。足がむくんで、靴は大きめのモカシンしか履けなくなっていた。つわりはおさまったものの、胃から胸にかけての不快感はつづいている。

背後に気配を感じた。

「泥棒猫！」

同時に、叫びが空気を裂いた。

直海は肩越しに振りかえった。知らない女がそこにいた。なかば白くなった髪をざんばらに乱し、刃物を振りあげていた。

女の瞳に自分が映っているのが見えた。呆然と口をひらき、棒立ちの自分が。

「殺してやる、泥棒！」

右肩に衝撃を感じた。

痛い、とは思わなかった。熱い、重い、と感じた。

——泥棒。

ああ、この言葉が欲しかった。直海は気づいた。

わたしはずっと、誰かにこう言ってほしかった。おまえは優等生なんかじゃない。汚れた罪人だと暴いてほしかった。誰でもいい、ほんとうのわたしに気づいてほしかった。裁かれたかった。

女の二撃目が襲った。

その場に直海はくずおれた。倒れながら、女を見上げた。

女は母であり、沙恵であり、共海だった。

脳内で母が笑っていた。沙恵が笑っていた。共海が笑っていた。彼女たちは笑いながら、直海へ指を突きつけた。

——この手！　この欲張りな手！

――そんな悪い手は、切り落としてしまわなきゃね！

直海は微笑んだ。

こんなに安らかな気持ちになれたのははじめてだった。アスファルトに、切断された己の右腕が転がっているのが見えた。もうなにも摑めない手だった。傷口から、よどんだ悪い血が流れ出ていくのがわかった。

体が冷えていく。意識が遠くなる。

鉈を振るう女も、なぜか微笑んでいるように見えた。

幸福だった。

彼女は死んだ

魔女グルノーマは叫んだ。

「ふふん！　あんたがどんなにあたしを憎んだって無駄だよ。あたしはあんたの呪いそのもの。あんたがその剣を持つ限り、あたしからは逃げられやしない。たとえあたしの息の根が止まっても、この呪いは剣とともに生きつづけ、あんたの手に足に、心にまとわりつづけるだろう」

「黙れ」

英雄ロウ・グリーンは顔を歪めた。

剣を握った手が、わずかにわななないた。恐怖ではない。嫌悪だ。眼前の魔女への、こらえきれぬ嫌悪から生じた震えであった。

この魔女だけは生かしておけない――。

心に決めて、ロウは剣を正眼に構えた。

――『ロウ・グリーン戦記』第十三章より

1

三十年前、ぼくは十五歳だった。

当時の渾名《あだな》は「ボヤ」だ。受け答えがいつも微妙に的外れで、ぼんやりしていたせいである。

しかしいじめられたりはしなかった。

与里《より》浜《はま》町の住民はみんな穏やかでやさしく、隣人に親切だった。あの町に住んでいた間、ぼくは住民同士のいさかいや、親戚間のいがみ合いを一度も目にしなかった。

ぼくは十六歳になる直前、町を出て関東に引っ越した。

理由は父の転勤だ。ちょうど高校の入学時期にかち合ったのは幸運だった。ボヤのぼくが転校生になっていたら、馴染むのにそうとう苦労したはずだ。

ともかく、その引っ越しでぼくの生活は一変した。

都会の人たちは歩くのが早く、舌と頭の回転が速かった。夏になってもご近所は茄子《なす》や枝豆を持ってきてくれず、毎日お茶を飲みに来たりせず、お互いに「サッシを閉める音が大きい」だの、「夜に洗濯機をまわさないで」だのと苦情を言い立てあっていた。どれも与里浜町では考えられないことだった。

だが変化はそれだけではなかった。

世界が変わった瞬間を、ぼくはいまでも覚えている。

十六歳の初夏だった。そして、駅だった。

あの日のぼくは、都会のせかせかしたスピードに疲れていた。駅構内の端で、スポーツバッグを尻に敷いて座りこんでいた。

無数の人々が目の前を行き過ぎる。誰もぼくになど見向きもしない。みんな前だけを向いて、それぞれの方向へまっすぐに進んでいく。おそろしいほどの人がいるのに、誰もお互いを見ていないのに、それでいてぶつかったりはしない――。

その刹那、背がざわりとした。

唐突にぼくは理解した。

――この人たち全員に、それぞれ意思があり、心があるのだ。

なにを当たりまえのことを、と思うだろう。ぼくだって頭では理解していた。いや、していたつもりだった。だが実感がともなっていなかった。

――一億人の人間がいれば、一億通りの自我がある。

彼らの中には、それぞれ〝自分が主人公〟の世界がある。一億人の人間がいれば、一億通りの主人公がいて、一億通りの世界があるのだ。

衝撃だった。しばらく、その場から立ちあがれなかった。

エウレカ！ と叫んで浴槽から飛び出した哲学者は、きっとこんな心境だったのだろう。なんの前触れもない、落雷に見舞われたような〝理解〟であった。

その日を境に、ぼくは「ボヤ」ではなくなった。

ごく普通に多様性を認められる、他人の身になって考えられる平凡な少年になった。

そんなぼくを見たら、与里浜中学校の宇津木《うつぎ》先生は「個性が消えた」と嘆いたかもしれない。だがそれ以来、ぐっと生きやすくなったのが現実だ。

ぼくは社会にめきめきと順応し、友人を増やした。成績が急上昇した。彼女だってできた。

都内の有名私大に進み、難なく就職し、やがて結婚した。

子供は一男一女。どちらも妻似でほっとした。もしぼくに似ていたら、同じように生きづらい子供時代を送る羽目になったかもしれない。

いや、違う。

生きづらい子供時代だなんて言ったら、与里浜町のみんなに失礼だ。なぜってぼくは「ボヤ」と呼ばれ、笑われることはあっても、一度もクラスの輪から弾かれはしなかった。

「しょうがねえなあ、ボヤは」

「まったく、ちょっとピントがずれてんだから」

とみんな苦笑しながらも、つねに一緒に遊んでくれた。

級友たちの背景には青すぎるほど青い空が広がり、夏には目に痛いほどの緑が、秋にはあざやかな紅葉が世界をいろどった。春にはいちめんの桜と菜の花が、視界をピンクとレモンイエローに染めた。

入道雲。鰯雲《いわしぐも》。濃い土の香りがする雨。耳をつんざく蟬《せみ》の声。全力で自転車を漕いだふくらはぎの痛み。駄菓子屋のおばあちゃんが、冷凍庫から引き抜いてくれるソーダ味の棒アイス。額から垂れた汗が、唇に染みて塩の味を残す。

冬はつららでチャンバラごっこをした。秋には落ち葉で焚火をした。春は山菜摘みに山へ入り、夏は虫採りで忙しかった。

家は木造の平屋だった。庭の桜の木には毛虫がはびこって、毎年母に悲鳴を上げさせた。どの家の柿もたいがい渋柿で、焼酎に漬けこまねば甘くならなかった。色あざやかな四季。それがぼくの記憶にある、美しき与里浜町だ。

そうしてぼくはいま、懐かしい〝青すぎるほど青い空〟の下にいる。視界いっぱいに広がる田圃では、植えたばかりであろう苗が風になびいて、緑の波をかたちづくっている。

駅のベンチで待っていると、白の軽トラが農道を走ってきた。「おーーい」と間延びした、塩辛声が近づいてくる。

軽トラが目の前で停まった。

運転手は腕だけでなく、顔も肩もよく日焼けしていた。

「おまえボヤか？　うわあ、見違えたなあ」

「ドンちゃん」ぼくは叫んだ。

一瞬で、感覚が三十年前に引き戻された。ひとりでに笑顔になってしまう。

運動神経がよく、足が速く、クラスで一番野球が上手かったドンちゃん。この渾名は、彼の家が小路のどん詰まりに建っていたことから付いたのだ。

――そうだ。渾名で呼ばれていたのはぼくだけじゃなく、みんなだったな。

記憶がまざまざとよみがえってくる。

なぜって、町の住民のほとんどが同じ姓だった。一番多い姓は岩槻《いわつき》、二番目は真野《まの》、三番目は新保《しんぼ》。この三姓が住民の七割強を占め、全国的に平凡なはずの佐藤や鈴木はほとんどいない。ちなみにドンちゃんは、もっとも多い岩槻姓である。

「まあ、乗れ乗れ。荷物は後ろへ積んで――って、なぁんだ、それっぽっちかいや。しけてんのう」

　ボストンバッグ一つしか持っていないぼくを指さし、ドンちゃんが笑う。

　ぼくは肩をすくめた。

「四十男に大荷物なんか必要ないさ。パーティに行く予定はないし、着替えだってジャージと下着くらいだ」

「おいおい、マジでおまえボヤの影武者でねえのか。そったら気の利《き》いた返しを、あいつがすぐさま言うわけねえぞ」

　ドンちゃんが声をあげて笑う。笑いかえしながら、ぼくは助手席に乗りこんだ。

　軽トラが派手にエンジンをふかして走り出す。

「わざわざ来てもらっちゃって、悪いね」

「なんのなんの」ドンちゃんは機嫌よく言う。

「お互いさまの精神さあ。狭い町だもの。助け合って、思いやり合って生きていかねばなんねぇさ」

　これまた懐かしいフレーズであった。

　狭い町だもの。助け合って、思いやり合って生きていかねば――。与里浜町に住んでいた頃、何千回、何万回聞いたかわからない。

「ぼくはもう住民じゃないよ。なのに、ありがとう」

「いやあ、寂しいこと言うなって。ボヤは生まれてから、十五年もこの町に住んでたでないか。おまけに実家がまだこの町に残ってる。充分にこの町の人間さ。——よう帰ってきたのう、ボヤ」

2

家の前で、礼を言って降ろしてもらった。

「ありがとう。恩に着るよ」

「やめれって、水くさい。それより今夜、公民館で歓迎の飲み会やるけぇな。忘れねえで来いよ」

「もちろん」ぼくはうなずいた。

最低でも一週間は泊まるつもりで、東京の事務所は副所長に任せてきた。その間、町民には世話になるだろうから、挨拶代わりの酒宴は欠席できない。

「お土産をたんと持ってお邪魔するよ。午後に着くよう、宅配便を手配しておいた」

「土産だと？　ははっ、やっぱおめぇ、ボヤの偽もんだ」

ドンちゃんがのけぞって笑う。

「東京でそうとう揉まれたみてぇだの。如才なく育ちやがって、あのボヤをこんなに変えちまうとは、ほんに都会ってのはおっかねえ」

ひとしきり笑ってから、

「なあ」

ドンちゃんが、ふっと声のトーンを落とす。

「……もしかして、会いに行く気か？〝人殺しのセンセ〟んとこ」

なるべくさりげなく聞こえるよう、ぼくは平坦な声を出す。

「ああ。行く予定だ」

「宇津木先生にはお世話になったからね。彼の近況も知りたいし」

ぼくが生まれてから十五歳まで住んだ家には、門柱のみで門扉がない。

なぜって必要がないからだ。まわりには顔馴染みしか住んでいない。よそ者が入りこめばすぐわかるし、町民の中に泥棒などいるはずもない。だから日中はもちろん、就寝中だろうと施錠しない家が大半だった。

――そう、立派な門扉があったのなんて、先生の屋敷くらいのものだ。

そびえたつ洋館。石と煉瓦づくりの宇津木邸。

だが眼前に建つ実家は、その洋館とは似ても似つかない。門柱には、まだ『金矢《かなや》』の表札がかかっていた。引越しのとき、父がはずしていかなかったのだ。

「べつにはずす必要はないだろ、よその家になるわけじゃあるまいし。戻ったら、また住む家なんだからな」

と、あのとき父は言った。だが現実には戻ることなく、空き家にしたまま三十年が過ぎてしまった。

その父は三年前に他界し、去年母があとを追った。当然ながら土地家屋は一人息子のぼくが相続したものの、仕事が忙しく、なかなか帰郷できなかった。頭の片隅で「掃除と整理に行かなくちゃ」とつねに考えながらも、一年近く放置してしまった。

「さて、と……」

ぼくは庭を見まわした。

驚いたことに、桜も柿の木も枯れていない。それどころか枝を伸ばし放題に伸ばしている。桜はとっくに葉桜だった。柿の実がなる季節でもなく、どちらの木も濃い緑が茂っている。

「剪定しないとなあ。いやそれより、まずは中の整理からか……」

ひとりごちながら、玄関の引き戸を開錠した。昔ながらの、磨りガラスがはまった格子の引き戸だ。

東京では妻子とともに、オートロックの分譲マンションに住んでいる。捻締錠だけの引き戸は、心もとないと同時に、ひどくノスタルジックだった。

靴を脱ぎ、家の中へ入った。

薄暗い。それに埃っぽい。黴《かび》くさい。真っ先に座敷へ入り、重くてぶ厚い雨戸を開けた。光がぱあっと射し、初夏の風が吹きこんでくる。

ぼくは家じゅうの窓を開けて歩いた。

仏間。居間。台所。かつての両親の寝室。ぼくの部屋。

学習机がそっくり残されていたことに、ちょっと驚いた。そういえば「高校生になるのに学習机もないでしょう」と母に言われ、置いていったのだ。内心では不服だったことまで、つづけざまに思い出す。そうだ、シンプルで頑丈で機能性の高い学習机が、あの頃のぼくは大好きだった。

窓を開けはなち、学習机の抽斗《ひきだし》を引いた。

一番下の抽斗に、小中学校の卒業アルバムが詰まっていた。持っていかなかったんだっけ？　と目をしばたたく。どうやらぼくはボヤなだけでなく、薄情な子供でもあったらしい。

日焼けした畳にあぐらをかく。小学校のアルバムからめくる。

懐かしい顔だらけだった。思わず頬がほころんだ。

クラスメイトが揃っている。先生たちがいる。ドンちゃんの写真もあった。バットを手に、カメラに向かってしかめた顔がいかにもガキ大将然としていた。

ぼくの写真は二枚しかなかった。一枚目はクラス全員で撮った集合写真。二枚目は一人一人を撮った名前付きの個人写真。

——あらためて見ると、ほんとに「ボヤ」って感じだな。

われながら苦笑してしまう。

じつに冴えないガキだ。母がそこらの店で買ってきたアニメプリントの服を着て、丸い目できょとんとカメラを見かえしている。表情は弛緩し、才気のかけらも感じられない。巻末のアンケートでは「将来、子供がいっぱいいそう」の三位に入っていた。あたりさわりのない立ち位置を、お情けで与えられたのだとはっきりわかった。

つづいて、中学のアルバムを手に取った。

ぼくは三年一組だった。一ページ目は校長の写真。次いで校舎の写真。そして、三年一組の集合写真——。

思わず、呻《うめ》きそうになった。

真っ先にぼくの目を射たのは、ある一人の少女だった。

三年間クラスが一緒だった子。なのに数えるほどしか会話を交わせなかった子。

ぼくの初恋の少女、真野亜衣香《まのあいか》。

彼女は背をぴんと伸ばしてカメラを見据えていた。襟《えり》に糊《のり》の効いたブラウスの白が、いかにも清らかだった。

目立つタイプの女子ではなかった。むしろ無口でおとなしい子だった。友達もすくなく、同じ文芸部の部長とばかりつるんでいた。

でも彼女はぼくの目に、学年一の美少女と映った。いまでもうまく説明できない。なんというか――佇《たたず》まいが、際立って清冽だった。

そのぼくはといえば、亜衣香から離れたところで、やはりぼんやり顔で写っている。

けして不細工というわけではない。身長はこの頃、百六十五センチくらいだったろうか。高いとは言えないが、クラスでは真ん中くらいだ。体軀《たいく》は引き締まっているし、目立った欠点はないと言っていい。

――でもやはり、どうしようもなく「ボヤ」だ。

着衣が制服になったおかげで、見てくれは多少ましになっている。だが顔つきの愚鈍さは隠しようがない。光のないどろんとした眼。締まりのない口もと。これが過去の自分か、と情けなくなるほどだ。

さらにページを繰る。数枚めくって、手を止めた。

宇津木先生がいた。

彼は当時、二組の副担任だった。そして文芸部の顧問でもあった。

――きみの文章、すごくいいと思うよ。

宇津木先生の声が、脳裏で再生される。

——じつにユニークだ。ものの見かたが一風変わってる。天性のものだよ。

そんなふうに言ってくれた教師ははじめてだった。

大人たちはみんな、ぼくを軽んじた。ろくに視野にも入れなかった。かろうじてまともだと思われていたのは、数学だけはよくできたからだ。

その代わり、ほかの教科はひどいものだった。記憶力が悪かった。足が遅かったし、縦笛ひとつまともに吹けなかった。字も汚かった。とくにひどかったのは国語だ。漢字の書き取りだけはできたが、文章問題となると壊滅的だった。中学の三年間を通して、ぼくは国語で四十点以上の点数を取れたためしがなかった。

そんな少年に、文芸部の顧問は声をかけてくれたのだ。

きみの文章には光るものがある。独特のなにかがある——と。

涙が出るほど嬉しかった。ぼくは有頂天になった。実の父母でさえ、そんな言葉をかけてはくれなかった。

父は仕事仕事で、いつも帰りが遅かった。母は善人ではあったけれど、田舎者特有の無神経さと残酷さを多分にはらんでいた。ぼくに面と向かって、こう言ったことさえある。

「あんたはほんと、算数だけが取り柄だねえ。その取り柄がなかったら、いまごろ施設に放りこんでたかもしれないよ」と。

あきらかに母は笑い話として——、ぼくが一緒に笑うと決めこんで話していた。ぼくはかろうじて顔を歪め、笑みに見える表情をつくってみせた。

四十五歳のぼくは、いったいどれほどの間アルバムを眺めていたのだろう。

チャイムの音で、はっとわれに返った。

引き戸の桟《さん》を叩く音がする。

「ごめんくださーい。金矢さん、お届けものです。S急便でーす！」

「あ、はい。いま行きます！」

慌ててアルバムを伏せた。

町のみんなへ配る土産物が届いたらしい。ドアチャイムにまだ電池が残っていたとは、と驚きながら、ぼくは埃まみれの廊下を走って、玄関へと向かった。

3

歓迎会は予定どおり、公民館で午後六時にはじまった。

選挙の時期には投票所に、祭りの時期には神輿《みこし》や太鼓の置き場ともなる公民館は、二十二畳の広さがある。長テーブルを十から十二ほど置き、座布団を並べていくと、五、六十人は入れる宴会場に早変わりだ。

ぼくは東京の地酒を三本と、築地江戸一の佃煮《つくだに》、銀座若菜の江戸歌舞伎漬、虎屋の羊羹《ようかん》などを持って公民館へと馳せ参じた。

「おうおう。うちの祖母ちゃんが虎屋の羊羹に目がねえんだ。ありがとうよ」

「金矢さんとこの坊《ぼ》んに、まさか気をつかわれる日が来るとはのう」

「いやあ立派になったもんだ。江戸前の酒まで頂戴できるとは、ご馳走ご馳走」

酒席には、ドンちゃん以外の元同級生たちも集まってくれた。

どの顔も老けていた。しかし誰か一目《ひとめ》でわかった。グラスではなく湯呑に酒を注ぎあい、声高く乾杯した。

「しっかし、あのボヤが東京で一国一城のあるじとはなあ。いまだに信じらんねえさ」

赤ら顔でそう言うのはスーちゃんだ。下の名前が透《とおる》だから、スケルだのスーちゃんと呼ばれるようになったのだ。

「城ってほどの事務所じゃないよ。東京と言っても端のほうだしね」

「謙遜すんなって。こういうときくれぇ、胸張ってどーんと威張ればいいべさ」

まわりのみんなも、うんうんとうなずく。

こういうところが与里浜町だな——と、あらためてぼくは感じ入る。

「士業をしている」、「東京で事務所を構えている」と言っても、嫌味ややっかみを口にする者はない。ややぶしつけな質問は投げても、強引に根掘り葉掘り尋ねることはない。やさしい住民ばかりだ。みんな争いが嫌いで、和を尊ぶ人たちなのだ。

「ボヤ、一週間くれぇこっちに泊まるんだって？」

「ああ。一日や二日じゃ整理整頓は終わりそうにないからね。いらない家具やがらくたを全部捨てて、大掃除をして、草むしりや剪定をして……。やっぱり、一週間はかかるだろう」

「草刈り機だの台車だの、要るもんあったらいつでも声かけれや。ちょうど田植えも終わったとこだし、遠慮すんな」

「ありがとう」

　ぼくはスーちゃんの湯呑に酒を注いだ。

「ところでボヤ、嫁さんと子供はどうした？」

「置いてきたよ。夏休みにはまだ遠いからね。まあ、一週間の単身赴任気分を味わうさ。あっちはあっちで、母子だけで羽を伸ばすだろうよ」

「それも妻子孝行ってやつさな。こったら田舎に、女子供は来たがらねぇもの。ファミレスもゲームセンターもねえんだからなあ」

「いやいや、いまどきの子供はスマホさえありゃ、どっこでもいいんでねえのけ。タケんとこの子がそうだったぞ。法事の席でもおかまいなしに、下向いてスマホばーっかいじってよ」

「世も末だの。おれらがガキんときゃ、野球だドッジボールだ追っかけっこだって、走りまわって日が暮れたもんだ。ゲームだってファミコンくらいしかなかったもんな」

「野球と言えば、実家に戻ってすぐ、昔の写真を見たよ」

ぼくは口を挟んだ。

「ドンちゃんが野球のバットを構えてる写真だ。可愛かったよ。あの頃得意だった横浜の山崎《やまざき》選手の真似をしてさ、バットをこう、短く持って」

「うわ、やーめれって。こそばゆいわ」

ドンちゃんがひっくりかえって嫌がる。みんな笑った。僕も笑った。

「三十年以上も前かあ」

「みんな痩せてたろうなあ。いまは揃いも揃ってビール腹だけんど、あの頃は胸も腹もぺったんこだったもの」

「腹だけでねえぞ。髪の毛だってふさふさだったべさ」

「おぉい、髪の話はやめれって」

また笑いが起き、今度は鎮まるまで長くかかった。

やがて「あーあ」と笑い疲れたようにスーちゃんが膝を叩き、

「……そうだな、ボヤがいねぐなったんが、三十年前。うん、そっか。あれから三十年も経っちまったんだなあ……」

つぶやくように言う。

妙な間が空いた。

はっきり名を出さずとも、彼がなにについて語っているか、全員が理解できた。

三十年前。ぼくらが中学を卒業する前に起きた、あの事件だ。

――狭い町を揺るがす大事件だった。

殺人事件。ごく浅い池に浮いていた死体。水面に髪が、黒い藻のように広がっていた。

赤ん坊でない限り、溺《おぼ》れることなどあり得ない池だった。

検視の結果、押さえつけられたらしい指の跡がうなじに残っていたという。

「宇津木先生は、いまもあの家に？」

ぼくは尋ねる。答えたのはドンちゃんだった。

「うんだ。ずうっと住んでる。どんな気持ちで住んでんのか知らねえけんど、あの歳になってもまだ住んでるさ。……まあ、町を出たって、いいことあるとは限らねえしな。よそへ引っ越してからバレたほうが、針のむしろかもしんねえ。それを思うとな、やっぱ町にいたまんまのほうが、いいのかもしれねえな」

「うん。おれもそう思う」

スーちゃんが同意した。

「よそは、おっかねえもの。人殺しかもしれねえ男が引っ越してきたと知ったら、パニックになって、なにすっかわからねえ。……でもこの町の住人なら、すくなくともあの先生が凶暴な人でねえって知ってる。たとえロリコンの変態でも、誰かれかまわず襲ったりする人でねえと心得てる。このまま死ぬまで町にいたほうが、先生は平穏に暮らせるさあ」

「……村八分になんか、されてないよな？」

失礼と承知で、ぼくは訊く。

まわりのみんなが「ないない。あるわけねえ」異口同音に応える。

「だよな。へんなことを言ってごめん」

「いやあ、いいんさ。都会では当然、人殺しは遠巻きにされるんだろうし。長いこと町を離れてたボヤが、もしやと思うのは無理もねえ」

「そうそう。だけんど、それはないさ。この町で村八分だの仲間はずれだの差別だの、そんなんは起こらねえ。宇津木先生はなんだかんだで、いい教師だったしのう。あんときゃ、きっと魔がさしたんだろう。人殺しでも、教師としておれらを教えてくれた恩は変わりねえし――」

ドンちゃんがすこし口ごもってから、

「検察が、不起訴にしたんだもんな。それがすべてさ。おれら民間人には、それ以上なんもしようがねがった。嫌疑不十分で釈放された――。うん、それで全部だ。真っ黒でねえ限り、罪でねえんだ。灰いろ無罪、ってやつだべ」と言う。ぐっと湯呑を呷る。

短い沈黙が落ちた。

その沈黙を厭うように、別の同級生が「そういやあ」とかん高い声をあげた。

「あのセンセって、まだ変態のままなんかな。いや、いまどきロリコンは市民権を得てっから、十五歳相手に欲情するくらいは普通か？　だけんどやっぱあの家に、自分の娘や姪っ子は近づけだぐ――」

ねえな、と語尾が低く消える。

まわりが乗ってこない、それどころか白けていると気づいたらしい。

黙りこくった彼から顔をそむけ、ぼくはドンちゃんに訊いた。

「……宇津木先生は、いま誰と暮らしてるの？」

「一人さ。三十年前は〝女に囲まれてる〟なんて言われてたのが、いま思えば嘘みてぇだな。センセには子供もいねがったかんな。あの広い屋敷で、ずっと一人だ」

「そうか」

ぼくは畳に視線を落とす。

宇津木先生はいま七十五、六のはずだ。あのだだっ広い洋館で、たった一人で暮らしている老爺の姿を思うと、胸が痛んだ。

――女に囲まれた、女殺しの宇津木先生。

あの頃は、ただの揶揄だった。

先生の妻である雅美《まさみ》は、こんな田舎では目立つ色っぽい女だった。美人ではなかったが、ボヤのぼくにさえわかる雌の匂いを放っていた。脂がのっているというより、ぎらぎらと脂ぎっていた。

雅美は、先生とあまり仲がよくなかった。また徒歩二分の距離に住む姑と小姑――先生の実母と実姉とも、折り合いが悪かった。

さらに先生は文芸部の顧問をつとめており、部員の九割が女子生徒だった。雅美は部員たちのことも嫌った。あるとき雅美は、往来で人目もはばからず先生と夫婦喧嘩をおっぱじめ、こう喚いた。

「ああもう、やだやだ！　あんたみたいなつまんない男が、なんでいつもいつも女に囲まれてやがんのよ！」

この日以来、先生は〝女に囲まれた、女殺しの宇津木先生〟とひそかに陰で呼ばれるようになった。

町の住民は、皆やさしい。しかしけっして聖人君子というわけではない。噂話に花を咲かすこともあれば、ブラックジョークを言うことだってあった。先生への揶揄は、あくまでそのうちのひとつに過ぎなかった。まさかほんとうに宇津木先生が殺人罪で——女殺しで逮捕されるなど、誰も予想だにしていなかった。

とはいえドンちゃんの言うとおり、先生は起訴されなかった。

そう、それがすべてだ。彼には動機があり、確固たるアリバイがなかった。しかし起訴できるだけの物証を、警察は揃えられなかったのだ。

そうして無罪となった先生は、町へ戻ってきた。

当然だ。ここが彼の場所で、ほかに行くところなどないのだから。そして住民は彼を受け入れた。これもまた、ごく当然の話であった。

ぼくは手の中の湯呑に目を落とした。飲みさしの日本酒に、蛍光灯の光が反射して揺れていた。

「……いまな、おれの娘が、ちょうど十五歳なんだぁ」

スーちゃんがぽつりと言う。

「おれらは今年、あの頃の宇津木先生と同じ歳になったでねっか。けど、わがんねえなあ。娘の友達が家に何人も来ることあっけど、どれも鼻たれのガキにしか見えねえ。……手ぇ出す気になんざ、なれねぇわ。わっがんねえ」

4

翌朝の九時、ぼくは宇津木邸を訪れた。

むろん事前に電話でアポをとっての訪問だ。手土産は東京駅で購めた、銀座の有名店のチーズケーキである。宇津木先生は下戸で、餡子《あんこ》より洋菓子派のはずだった。

「やあ、いらっしゃい」

出迎えてくれた先生は、予想より老けて痩せていた。たるんだ皮膚が骨にまとわりつく、老人特有の痩せかただった。

髪は七割がた白くなっており、とくに鬢《びん》のあたりは真っ白だった。高い鼻梁に、銀縁の老眼鏡をちょこんと載せている。

「見違えたなあ、金矢くん。背もわたしよりずいぶん大きくなって――。道ですれ違ったなら、きっとわからなかっただろうな」

「高校の三年間で、十一センチ伸びたんです」

ぼくは微笑む。先生も目じりに皺を寄せる。

ああ、とぼくは思った。この笑顔、確かに宇津木先生だ。どんなに老けようが、笑顔がかもしだす雰囲気だけは変わらない。ふだんは地味で目立たない先生だった。なのに笑うと、驚くほど顔全体が甘くとろけた。

――あの派手な女房が、なんでまた田舎教師なんかと結婚して、引っ越してくる気になったんかねえ。

町のみんなは宇津木雅美をそう噂した。ぼくも同感だった。

でも見る人が見れば、宇津木先生には一種独特な色気があったらしい。余談だが、その〝見る人〟には、ぼくの母さえ含まれていた。

「あの人、変な色気があんのよ」

得々と母は言ったものだ。

「あんたら男にはわからない、微妙な色気がね」と。

その台詞に、一瞬ぞっとしたのをいまでもはっきり覚えている。不快だった。母の生ぐさい一面を見せつけられたような、薄暗い性への扉を無理やりこじ開けられたような嫌悪感があった。

だがいま眼前にある先生の甘い笑みに、ぼくは嫌悪を感じなかった。ぼくが大人になったからだろうか。それとも彼が痩せさらばえ、枯れきってしまったからか。

「中へ入りなさい」

先生は言った。記憶のままの、やわらかな声だった。

「せっかくのケーキだ。二人でいただこう。……お茶の葉が、湿気《しけ》っていないといいんだがな」

三十年ぶりに足を踏み入れた洋館は、予想より古びて薄汚れていた。おそらく普段は先生が一人で掃除しているのだろう。窓の桟や、床の端に埃が溜まっている。天井の四隅にはうっすら蜘蛛《くも》の巣が見えた。

通された客間も、記憶より全体にくすんでいた。

薔薇をモチーフにした出窓のステンドグラス。涙型のガラス玉を何十と吊り下げたシャンデリア。びろうど張りの猫脚のソファ。美しいが、どれも黴くさかった。

壁にはエアコンを取りつけた跡すらない。そういえば三十年前の夏は、窓を開けはなしていればしのげる暑さだった。しかし昨今は温暖化で、三十度超えの熱帯夜が当たりまえだ。

――先生は、どうやって近年の夏を耐えているのだろう。

「茱萸《ぐみ》の木も、山査子《さんざし》も無花果《いちじく》の木も切ってしまったよ」

お茶をティーポットからカップに注ぎながら、宇津木先生が言う。

「わたしだけじゃ、とても手入れできなくてね」

「でしょうね」

ぼくはうなずいた。

「今回の休暇中に、ぼくも庭木の枝をなるべく切ってしまおうと思ってます」

「そうか」

「虫がはびこるだけですしね。殺風景になってしまいますが、人間が暮らしやすいのが一番でしょう」

「そうだな」

　高価なだけあってチーズケーキは美味だった。濃厚で、口蓋や頬の内側にねっとりと官能的にまとわりついた。

　ぼくは先生と昔話をした。

　つまらない写生大会の作文に対し「きみの文章には光るものがある」と言われ、心の底から驚いたこと。先生がぼくに「文芸部を見学してみないか」と声をかけてくれた日のこと。迷いに迷ったが、結局は文芸部の部室に足を運んでしまったこと——。

「いまのぼくなら、きっと行かないでしょうね」

　風味の失せたアールグレイを含みながら、ぼくは言う。

「でもあの頃のぼくは〝ボヤ〟でしたから。なにひとつわかってやしなかった。ちょっと誉められたからって、ほいほいその気になる怖いもの知らずの馬鹿でした」

「そんなふうに言わないでくれよ」

　先生が苦笑する。

「それじゃきみを認めたわたしが、ぼんくらだったってことになる」

ぼくらは顔を見合わせた。そして、ふっと笑った。

昔の感覚が、またひとつよみがえる。ああ、これだ。三十年前と同じだ。

多くの言葉を交わさずとも、ぼくと宇津木先生との間には、つねに通じ合うなにかがあった。いや、いま思えば当然かもしれない。

――だってぼくらは二人とも、同じ少女に恋をしていた。

与里浜中学校三年一組の、真野亜衣香に。

もっともぼくが先生の想いを知ったのは、ずっとあとのことだった。窓から風が吹きこむ。元恋がたきのぼくたちは、テーブルを挟んで向かい合ったまま、無言で微笑みつづけた。

「お世辞じゃなく、きみの作文はよかったよ」

静かに先生は言う。

ステンドグラスを透かした陽光が、複雑な薔薇模様を床に淡く投げ落としている。

「ほかの生徒とは視点が違った。現実の出来事を書いていながらも、どこかファンタジックというか、奇妙な浮遊感があった」

「ぼくは、変な子供でしたから」

苦笑で応じ、ぼくは例の駅での体験談を打ち明けた。この話を他人にするのははじめてだ。先生は目をまるくして聞いていた。

「ね、変でしょう？　おまけにぼくは、創作どころか読書にすら慣れていない子供でした。本好きで読み巧者な文芸部員たちを見慣れていた先生には、ぼくのおかしな視点や不器用な感性が新鮮に映ったんじゃないでしょうか」

ぼくはテーブルの上で指を組んだ。

「これを言うと先生はがっかりするでしょうね。じつはいまでも、読書は実用的な新書か専門書くらいしか読まないんです。純文学は抽象的すぎていまひとつ理解できないし、恋愛小説には興味がない。ミステリは、人が死ぬのが……」

言葉を切る。

気まずい間があった。ぼくは言葉を押し出した。

「……人が死ぬのが、苦手で」

宇津木先生はなにも言わなかった。

沈黙が落ちる。ぼくはあせって言葉を継いだ。

「でも、あの頃の自分が読書嫌いだった理由はわかります。国語の教科書に載っている古典や、ぶつ切りの文章しか読んだことがなかったせいだ。どれもぼくにとってはつまらない、肌の合わない話ばかりでした。心から夢中になれた創作は一つだけです。先生の、『ロウ・グリーン戦記』だけ――」

「やめてくれ」

ぴしゃりと先生が言った。硬く冷えた声だった。

「……すまないが、その話はやめてくれ」

「あ、え、はい」

ぼくは口ごもり、下を向く。

「すまない」と重ねて言われ、「いえ、ぼくこそすみません」とかぶりを振る。

「これは言いわけになりますが、ぼくはこの町にいた頃の記憶がすこし遠いというか、曖昧な部分があって……。配慮が欠けていました、すみません」

「いや」

先生も首を横に振る。

「……いいんだ。当然だよ。きみにとってはショックな出来事だったはずだし……。記憶の一部に支障が出るのは、よくあることだ」

言い終えて、宇津木先生は遠い目をした。

眼鏡の奥の瞳が、加齢で灰いろっぽくなっているとぼくは気づく。グレイの眼差しは窓の外に――茱萸も山査子も無花果も失った庭に向けられている。

「……あの庭で、朗読会をしましたね」

ぽつりとぼくは言う。

同時に、風景がまざまざと浮かんでくる。

風にそよいでいた茱萸の枝葉。少女たちの頬に射す木漏れ日。芝生に座ることでまるく広がった、制服のプリーツスカート。

学校側は運動部優先だった。写真部や文芸部といった文科系の部活は「すまねえが雨だから、ちょっくら部室を貸してくれ」、「体育館をバスケ部に占拠されてしもうた。ここで筋トレさせてくれ」としばしば追い出されていた。

しかたなく宇津木先生は、校長の許可をとって自宅を部員たちに開放した。

とはいえ部員の大半が、学校よりこの洋館で活動できることを喜んでいたようだ。あの頃のぼくにはなぜかわからなかったが、いま思えば明白である。

先生の実母の趣味で建てたという、石と煉瓦づくりの洋館。赤い洋瓦の屋根に、青銅製の風見鶏。

ステンドグラスの薔薇窓は芝生の庭を見下ろし、アールヌーヴォー調の曲線を描くガーデンフェンスには蔓草が絡まっていた。この洋館はクラシカルで優雅だった。いかにも文学少女たちが好み、憧れる舞台装置そのものだ。

「あの頃は、なにを読んだっけね」

先生が言う。

「なんでしたっけ。……ええと、紅茶とマドレーヌの香りがどうとか」ぼくが返す。

先生は「ああ」とだけうなずき、なんの作品だったかは口にしない。ぼくもあえて訊きはしない。

二人とも、視線は窓の外を向いていた。遠い記憶を掘り起こしていた。

制服姿の少女たち。芝生にスカートを広げ、部員が円形に集まった光景。草の匂い。庭に実った果実の香り。本を朗読する部長の、硬さを帯びた甘い声。

その輪の中に、ぼくもいた。女子生徒たちに混ざっているのが気恥ずかしかった。でも、帰ろうとは思わなかった。

なぜって、輪の中には真野亜衣香がいたからだ。

斜め前で、白い横顔を見せていた亜衣香。親友である部長と、あのときも隣同士で座っていた。

いまでも明瞭に思いだせる。部長は髪を、首の後ろで太い三つ編みにしていた。亜衣香はといえば両脇の髪だけを細く編み、後ろでひとつに結んで垂らしていた。

むっちりと鈍重だった部長の脚。対照的に華奢で白かった、亜衣香の足首。

亜衣香。ぼくの初恋の人。ぼくのティリア。

――ああそうだ。ロウ・グリーンとティリアだ。

宇津木先生が書いた『ロウ・グリーン戦記』の主人公とヒロイン。

夢中で読んだ。あんなにフィクションにのめりこんだのは、あとにも先にもあのときだけだ。

ぼくは英雄ロウ・グリーンを自分だと思いこんでいた。完全に同化し、同一視していた。

「……みんな、いなくなってしまった」

宇津木先生が言う。

「多くの部員が、家族とともにこの町を離れた。みんな、いなくなった」

そうだ、多くの町民が離れていった。

ぼくのように親の転勤が理由ではなく――あの事件をきっかけにだ。町で唯一の殺人。

全国規模で報道されてしまった、不名誉な醜聞。消えない汚点。

ぼくは窓の外を見据えたまま、先生に言った。

「ずいぶん草が伸びていますね。……ぼくが刈りましょう。近日中にお邪魔します」

先生がかぶりを振る。

「そんな、悪いよ」

「いえ、どうせ実家の除草もするつもりでした。ドンちゃんが草刈り機を貸してくれるそうです。一軒やるのも二軒やるのも、さほど手間は変わりませんよ」

5

帰宅してから、二時間ほど物置を片付けた。

汗だくになってしまったので風呂に入り、さっぱりして浴室を出ると、上がり框《かまち》に「おすそわけ」と付箋《ふせん》付きのタッパーが置かれていた。お隣さんからだ。きっと昨日挨拶代わりに渡した、神奈川の地ビール一パックのお返しだろう。

おかげで夕飯はタラの芽の天ぷら、独活《うど》の味噌漬け、筍《たけのこ》めしと豪華だった。与里浜町ではありふれた春の献立だが、東京住まいの身ではなかなか食べられない。

天ぷらも味噌漬けも、格好のビールの肴《さかな》だった。おまけに「飲みすぎよ」と止める者もいないときている。

気づけば、ビールのロング缶を三本空けてしまっていた。ほろ酔いのいい気分で、また卒業アルバムでも見るか、と元自室へ向かう。

学習机の抽斗を引きかけ、ぼくは気づいた。

——奥に、なにかある。

畳に膝を突き、かがみこんだ。

奥にもう一段あったのは、隠し抽斗であった。思わず膝を打ちたくなる。そうだった、これがあるからぼくは学習机が好きだったのだ。シンプルで頑丈で機能的で、思春期のプライヴァシーまで守ってくれた大切な机。

隠し抽斗には、二本の輪ゴムでたばねたノートが五冊おさまっていた。

慎重に取り出す。経年劣化していたらしく、輪ゴムは指で引いただけで二本ともちぎれてしまった。

ノートをぱらぱらとめくる。

汚い字だ。まぎれもなく、中学生当時のぼくの字だった。

人狼に上からのしかかられ、ロウはあえいだ。

それは狼というより、仔牛に等しい大きさだった。なまぐさい息が顔にかかる。黄みがかった牙からしたたる臭い唾液が、ロウの顔にぼたぼたと振りかかる。

ロウは呻き、人狼を跳ねのけようと腕に渾身の力をこめた。だが体勢は、あまりに不利だった。

鋭い牙が甲冑の腕当にぶつかるたび、いやな鈍い音をたてる。前脚の下敷きとなった銀の胸当が、人狼の重みで激しく軋んだ。肋骨に響く軋みに、ロウはふたたび低く呻いた。

四十五歳のぼくの目が、じわりとわれ知らず潤む。

『ロウ・グリーン戦記』だった。いや正確に言えば、その写しだ。

あの頃ぼくは、この作品に夢中だった。

宇津木先生は『ロウ・グリーン戦記』をワードプロセッサで打っており、印刷したものを「創作の参考に」とぼくに貸してくれた。でも返してしまえばもう読めない。だからぼくはいつでも読めるよう、『ロウ・グリーン戦記』をノートに必死で書き写したのだ。大学の受験勉強でさえ、あのときほどは懸命じゃなかった。三十年前の与里浜町にコンビニはなかったし、コピー機は文房具店にしかなかったからだ。

コピー料金は一枚十円だった。だが金銭より、『ロウ・グリーン戦記』の存在を知られるのがいやだった。だから顔見知りの店主がいる文房具店には行けなかった。この作品は、ぼくたちだけの秘密だった。

さらにページをめくる。

人狼に勝利したロウ・グリーンは、その首を剣で斬り落とす。剣は選ばれし英雄にしか扱えない、魔術師の呪いと祝福を同時に授かったいわくつきの剣だ。そして祝福をかつて与えたのは、ヒロインであるティリアの亡き祖父であった。

ロウ・グリーンもティリアも高貴な血筋だ。しかし故郷のロザミア王国が敗戦国となってからは、貧困と屈辱にあえいでいる。そんな主人公ロウが運命の剣と出会い、ヒロインとともに己の身分と城を取りもどすのがメインのストーリィである。

だがこの物語には、もうひとつの筋立てがあった。

ロザミア王国ならびに作品の舞台が、こちらの現実世界と「夢」というかたちで繋がっているのである。

主人公の英雄ロウ・グリーンは毎晩夢を見る。

夢の中で彼は、田舎の中学校で教師をしている冴えない男だ。ロウ・グリーンは二十二歳だが、教師は四十代なかば。そして教師のほうはロウ・グリーンを、ただの「毎晩見る夢の中の登場人物」と思っているのだ。

そしてヒロインのティリアは、教師の世界では女子生徒の姿をとる。ロザミア王国のロウ・グリーンとティリアは二歳差だが、田舎中学の教師と女子生徒との間には三十歳ものひらきがある。その事実に、作中の教師はときおり後ろめたさを覚える。

ファンタジーものとしては、たぶんよくあるストーリィ展開なのだろう。そして英雄ロウ・グリーンが——分身の中学教師が、作者の宇津木先生本人であることは誰が読んだって明白だ。

でもぼくは、英雄ロウ・グリーンを自分だと思いこんだ。

一行読んだ瞬間から作品世界に魅せられた。生まれてはじめての体験だった。文字どおり、どっぷりと頭からのめりこんでしまったのだ。

それはもしかしたら、ぼくと宇津木先生との奇妙な心理的共時性《シンクロニシティ》の賜物《たまもの》だったかもしれない。ヒロインであるティリアの、キャラクター造形のせいかもしれない。

だが理屈はこの際、関係ない。肝心なのはぼくが宇津木先生の創作に〝ハマって〟しまったことだ。十五歳のぼくにとって『ロウ・グリーン戦記』は唯一絶対の指標であり、人生哲学であると同時に最高の娯楽だった。

そして四十五歳のぼくは、けば立った畳に座りこんだままノートをいったん閉じる。

次いで作品の冒頭にあたるであろうページをひらき、ティリアの登場シーンを探した。

すぐに探しあたった。描写はこうだ。

ロウはティリアと名乗る娘を真正面から見た。髪は赤みがかったいちごブロンドで、あきらかに異国の血が入っていた。

しかしその瞳は混じりけない、天然のすみれ色だった。

秀でた額、高い頬骨。肌理こまかい水蜜桃の肌。間違いなかった。少女はまぎれもなく、ロザミア王族の末裔であった。

もちろん真野亜衣香はいちごブロンドではなかった。すみれ色の瞳もしていなかったし、高い頬骨も持っていなかった。

しかしいまもって、ティリアが亜衣香であることは疑う余地がない。無口だが凛とした佇まいといい、芯の強さといい、書物好きなところといい——。

なによりティリアは、ロウ・グリーンが教師をつとめる世界では「文芸部の部員」であり、「部を陰ながらサポートする少女」の設定だった。そして両脇の髪を細く編み、後ろでひとつに結んで垂らしていた。部長の太い三つ編みと同様、真野亜衣香のトレードマークだった髪型だ。

――あの頃のぼくは、ほんとうに〝ボヤ〟だったんだな。

われながら苦笑してしまう。

いま読めば、どう見たってこれは宇津木先生の亜衣香へのラブレターだ。ぼくの存在は、作中に影もかたちも存在しない。

だが十五歳のぼくは信じこんでいた。「クラスでは目立たない真野亜衣香に、注目しているのは自分だけだ」と。彼女の良さをわかっているのは自分だけ。ダイヤの原石を見抜いているのは自分だけなのだ――と。

もともとの愚かさに、思春期の傲慢さが拍車をかけた。

ぼくは『ティリアと真野亜衣香を重ねる感性は、自分だけのもの』と思いこんだ。宇津木先生の「きみの視点は独特だ」という賛辞が、さらにぼくを自惚《うぬぼ》れさせた。

〝立派な大人〟である宇津木先生が、生徒に対してそんな感情を抱くだなんて、完全に想像の埒外《らちがい》だった。

なんて馬鹿だ。

あの頃のぼくの目は、ろくすっぽ現実を映してはいなかったのだ。

6

翌朝、ぼくはドンちゃんの家へ草刈り機を借りに行った。

ドンちゃんのお母さんはあいかわらずだった。ぼくの顔を見るなり握り飯をこさえ、赤ん坊の頭くらいありそうなやつを三つも持たせてくれた。

「あんた、これ好きだったでしょう。紫蘇《しそ》の実の塩漬けをまぶしたのと、筋子のおむすび。いいのいいの。遠慮しねぇで持ってきなさい」

草刈りの合間に、ぼくは握り飯をかじった。

紫蘇の香りが鼻を抜ける塩漬け。魚卵の塩辛い汁が染みた白飯。どちらも涙が出るほど懐かしい味だった。

――そういえば母は、おむすびなんて滅多につくってくれなかったな。

母は田舎者のくせに、田舎くさいこと全般を嫌っていた。紫蘇の実を摘んで塩漬けにするなんて、もってのほかだった。

県庁所在地で働いていた父は、仕事仕事で滅多に家へ寄りつかなかった。父子の会話はほとんどなかった。ぼくにとって父は「たまに帰ってきて、わかったような叱言《こごと》ばかり言う人」だった。

唯一はっきり覚えている父の声は、

「おまえ、あの洋館の先生に仲良くしてもらってるんだって？」

と、ある日唐突に発せられた問いだ。

洋館の先生？　ああ、宇津木先生か。誰から聞いたんだろう、とぼくは戸惑った。父はつづけて言った。

「言っておくが、先生のお姉さんを怖がったりするんじゃないぞ。思っても態度に出すなよ。体が不自由なのはその人のせいじゃないんだからな。いわれもなく怖がったり遠ざけたりするのは、差別と言って、よくないことなんだ」

ぼくはぽかんとしてしまった。

先生の姉が障害を持っているだなんて、そのときまで知らなかった。第一ぼくが怖がるだの遠ざけるだのって、なぜ頭から決めつけるんだろう？

父とのコミュニケーションは、大抵こんなふうに一方通行で終わった。

いま思えばぼくは、宇津木先生を実父の代わりにしていたのかもしれない。

高みから正論を言うだけの実父と違って、先生はぼくを自宅に招き、手ずから熱心に指導してくれた。ぼくを認め、あるかなきかの芽を伸ばそうとしてくれた。

「視点は面白いけれど、きみは語彙《ごい》が圧倒的に足りないな。ものの見かたが独特なだけじゃ創作はかたちにならない。文章のお手本もいるだろう」

そう言って先生が「ひな形のひとつとして」と読ませてくれたのが、『ロウ・グリーン戦記』だった。

ぼくにとっては、ファンタジー小説の初体験だった。

もちろん映画やアニメなどの映像を通しては、SFにもファンタジーにもとっくに触れていた。しかし文字から情報を取り入れ、脳内で人物像や状況を構築するという体験は、それがはじめてだった。

ロウ・グリーンは剣をかまえた。剣術など学んだことはなかった。しかし剣に導かれるように、彼は両のかいなを振りおろした。

斬るというより、叩きつけるに近い動作だった。考えるより先に体が動いた。そして剣を一閃させるやいなや――彼は、眼前で敵が〝弾ける〟のを見た。

理解は数秒遅れてやって来た。

呪われた剛剣は、敵をまっぷたつに切断していた。

剣の威力があまりに凄まじく、また一瞬の出来事だったため、斬った本人であるロウにすら〝破裂した〟ように映ったのであった。

この一節を読んだ瞬間、ぼくは呆然とした。

先生の書いた文章が、ロウ・グリーンの一挙手一投足が、あまりにもすんなりと頭に入ってきたからだ。

ぼくは主人公ロウに完全に共感できた。

彼が悲しいときは、ぼくも悲しかった。嬉しいときは同じように嬉しかった。憎悪も悔恨も共有できた。彼がティリアに胸をときめかせれば、同じくらいぼくの頬も火照り、鼓動が高まった。

ロザミア王国を中心とした六王国で、ぼくの心はロウとともに戦い、血を流して傷ついた。

ぼくは『ロウ・グリーン戦記』に没頭した。昼夜を分かたずのめりこんだ。

六王国の戦いの中では無数の兵士が死んだ。何千、何万の無辜《むこ》の民も死んでいった。

しかし現実の与里浜町では、彼女だけが死んだ。

そう、彼女は――。

「おぉいボヤ、はかどってっかぁ」

呼ぶ声で、われに返った。

顔を上げる。板塀の向こうで、ドンちゃんが手を振っていた。草刈り機のスイッチを切り、手を振りかえす。

「ああ、おかげさまで半分くらい終わったよ。見てくれ、この草の山」

「上出来上出来。あとでまとめて焼いちまうけぇ、運んどいてやるさ。おっと、言うとくが大丈夫だぞ。ちゃあんと役場の許可取って焼くかんな」

そう言いながら、ドンちゃんが枝折戸《しおりど》をくぐって庭に入ってくる。彼は片手にビニールの包みをぶら下げていた。

「これ、うちの嫁が持たせてくれた弁当だぁ。おれとおまえの二人ぶんある。つまらねえもんだけんど、まあよかったら食ってくれや」

「いやそんな、申しわけないよ。朝だって、ドンちゃんのおばさんに握り飯をご馳走になったんだ。それに――」

それにさっき食べたばかりだ、と言いかけて、己が空腹だと気づいた。

腕時計を見る。いつの間にか正午を過ぎていた。あんなでかい握り飯を三つもたいらげたというのに、慣れない肉体労働で早くも消化してしまったらしい。

「腹が減っていると気づかなかったよ」

ぼくが言うと、「ボヤらしいな」とドンちゃんは笑った。

ドンちゃん持参の弁当はタッパーの半分が焼きそばで、もう半分には炒飯《チャーハン》が詰まっていた。焼きそばの具は豚バラ肉、もやし、キャベツ、筍。炒飯の具は焼豚、葱、卵に筍だった。

せめてものお礼に、ぼくは冷やした缶ビールを提供した。

「おうおう、昼ビールとは豪勢だの」

ドンちゃんは目を細めて喜び、「嫁には内緒だぞ」と唇に指を当ててみせた。

焼きそばも炒飯も味付けが濃く、汗で塩分を失った体を喜ばせた。この季節特有の筍づくしも懐かしかった。

あらかた弁当をたいらげたところで、

「……宇津木先生、元気だったか？」

ドンちゃんがぽつんと言う。

「ああ」ぼくはうなずく。

「先生んとこの庭も、草刈りしてやる約束をしたんだ。悪いが、もうすこし貸してもらっていいかな」

「おう、かまわね」

「ありがとう」

しばし、沈黙が落ちた。

ぼくらは無言で、空を見上げながらビールを飲んだ。

やがて、口をひらいたのはドンちゃんだった。

「ボヤよ」

「ん？」

「怖ぐねぇだか」

「……なにが」

「だってよ、だって――事件が起こったのは、あの家の庭だべさ。庭の真ん中にある、池ん中で……。あいつぁ、あすこで殺さって、あすこで見つかったんだ。ボヤ、おまえ、怖いと思わねぇだか」

ぼくはドンちゃんを見かえした。

彼が一度も彼女を名前で呼ばないことに、ようやくぼくは気づいた。

彼女は死んだ。三十年前に、あの洋館の池で殺された。

町民は皆それを知っている。三十年経っても変わらない故郷は、記憶も感覚もあの日のままだ。殺人の名残りを空気にはらんだまま、誰一人忘れることなく、しかし表面上は平穏に暮らしつづけている。

「怖くないと言ったら、嘘になる」

ぼくは言った。

「でも怖いのは、過去の記憶だけだ。先生を怖いとは思わない。……ぼくにとって宇津木先生は恩師であり、父代わりをしてくれた恩人だからね。この機会に、すこしでもその恩を返しておきたいんだ」

7

午後からは約束どおり、宇津木邸の草を刈った。

屋敷の庭は広大で、日暮れまで草刈り機を使っても三分の一ほどしか刈れなかった。

「つまらないものだが、よかったら」

と先生は帰り際に、シチューをたっぷり詰めたタッパーウェアを持たせてくれた。

「こっちに帰ってから、食ってばかりいる気がします」

そう言うと、なぜか先生は声をあげて笑った。

帰宅したぼくは、ぬるいシチューを食べながら『ロウ・グリーン戦記』のつづきを読んだ。シチューは市販のルウを使ったらしく、舌に馴染んだ味でありがたかった。

『ロウ・グリーン戦記』の写しは、ノート五冊分に及んだ。

主なあらすじはこうだ。

呪いの剛剣を授かったロウ・グリーンは十九歳で生家から巣立ち、剣に導かれるように流浪の旅に出る。あまたの苦難を乗り越えるうち、彼は自分が六王国の滅びた一国、ロザミア王国の王位継承者の末裔《まつえい》であると知る。

ロウはロザミア王国復権のため、仲間を集める。その中には、同じくロザミア王族の血を引くものの、召使にまで身分を落としていたヒロイン、ティリアもいた。七人の仲間を集めたロウは、六王国をたばねる覇王となるべく戦いをはじめる。

ただしこの物語は二重構造になっていた。ロウ・グリーンが毎晩見る夢は、二十世紀末の日本なのだ。

夢の中のロウは、田舎の中学校で教師をしている四十男だ。そしてヒロインのティリアや、七人の仲間たちを生徒として指導している。

ロウと教師はお互いを「夢の中の自分」としか認識していない。

だがストーリイが進むにつれ、次第にその境界はあやふやになっていく。お互いの世界がすこしずつ侵蝕され、混ざりあっていくのだ。

そしてある日、ルギウス王国の兵隊である小鬼《コボルト》が現実世界の中学校にあらわれる。小鬼はまっすぐヒロインに襲いかかっていく。ロウの分身である教師がその光景を目の当たりにしたところで、『ロウ・グリーン戦記』は未完となっている。

なぜ未完となってしまったか。

それは、ぼくが悪い。全部ぼくのせいだ。

宇津木先生が『ロウ・グリーン戦記』のつづきを書けなくなったのも、宇津木先生が逮捕されたのも、すべてぼくが考えなしの「ボヤ」だったからなのだ。

スプーンを置き、ぼくはさらにノートをめくる。

己自身が三十年前に書いた、汚い読みにくい字を追っていく。

「あんたのためを思って言ってるんだよ、あんたのためだよ！」

ロウの肩に、オウムの鉤爪が食いこむ。

痛みにロウは顔をしかめた。しかしオウムはおかまいなしに、彼の耳もとで喚きつづける。

「あたしの予言は絶対だよ！　絶対に当たるんだからね、無視したらきっと後悔することになるよ！　いいかい、セイズスの店では古い鎧《よろい》を買うんだ。店主は新しいやつを勧めてくるだろうが、口車に乗せられちゃいけないよ！」

ロウはオウムから顔をそむけた。まったくこいつは剣の呪いより厄介だ、と述懐する。

そうしてセイズスの店とやらには、けして足を踏み入れるまいと決心した。

この一文をはじめて読んだ日を、はっきり覚えている。

ぼくは先生の屋敷にいた。椅子に座って、先生が印刷してくれた紙束を読んでいたのだ。ひらいた窓越しに庭が一望でき、宇津木先生と、先生の母親が見えた。

二人は向かい合っていた。しかし会話してはいなかった。

母親が一方的にまくしたてていたのだ。

「いいかい、これはあんたのためを思って言ってんだよ。母さんがいい弁護士を見つけてやっから、あんな女は早よう家から追い出してしまいな。ね、今度こそ母さんの言うこと聞きなさい。無視したら、もっと後悔することになんべぇさ」

それからこうも言っていた。

「あんたには、母さんとお姉ちゃんがいるでねぇか。あんな女なんかより大切な、血のつながった実の家族がさあ。わかってるっしょ、お姉ちゃんは一人じゃ生きていげね。ほんとにあんたを必要としてるのは、あの女じゃなくてあたしらだぁ……」

十五歳のぼくは、紙の印字に目を落とす。

作中では醜いオウムが喚きつづけていた。「あんたのためを思ってだよ！　あんたのためを思って！」――と。

オウムのモデルが、先生の母親なことはあきらかだった。

ほかにも作中には、現実の町民をモデルにしたキャラクターたちが多く出演した。たとえばロウ・グリーンを妬んで難題をふっかける村長はどう見ても校長だった。第二章で死ぬ威張りくさった大男は、学年主任の先生そのものだった。暴れまわる小鬼のリーダーは、学年で有名な問題児の特徴をあまさずとらえていた。

だが中には、ユーモラスではないキャラクターもいた。

第三章でロウ・グリーンを精神攻撃により追いつめるゴーストは、中一の冬に除雪機に巻きこまれて死んだ男子生徒そっくりだった。凶兆だけを告げる呪われた壁の染みは、描写からして先生の姉でしかあり得なかった。

いま思えば『ロウ・グリーン戦記』は宇津木先生のすべてを物語っていたのだ。

先生の過去も、すぐ先の未来も、彼が抱いていた殺意も。

——なぜあんな危険なしろものを、先生はぼくに読ませたのだろう。

思うに、ぼくを指導して伸ばしたい気持ちが六割。自己顕示欲と承認欲求が二割。ぼくらの間にあったシンクロニシティへの強化が一割。「王様の耳はロバの耳」と叫ぶような気持ちで、誰かにぶちまけたかった衝動が一割——といったところか。

彼は、ぼくを認めながらも侮っていた。可愛がってくれたけれども、ペットに対する愛玩に近かった。

先生は夢にも思わなかったに違いない。まさかこのぼくが、彼を裏切るだなんて。

もっともそのときは、そんなつもりはかけらもなかった。一片の悪意もないまま、ぼくは結果的に先生を窮地に陥れたのだ。

ぼくはノートをめくりつづけた。

第四章に入り、ロウ・グリーン一行は極寒の国カドゥスに到着する。

カドゥスを支配しているのは、大蛇の化身である魔女グルノーマだ。この魔女は蠱惑的かつ邪悪なキャラクターで、作中の第四章から十三章にかけて、ロウ・グリーンとティリアの仲を妨害しつづける。

グルノーマの誘惑に、何度かロウが負けそうになるシーンがあった。そのたび十五歳のぼくは焦燥にかられた。ともすればティリアを忘れそうになるロウに苛立ち、同時に激しく共感した。

魔女グルノーマは思春期真っただ中のぼくにとって、コントロールしがたい性欲を具現化したような存在だった。

聖女のティリアと悪女のグルノーマ。崇高な愛と、唾棄《だき》すべき肉欲。どうしようもなく、どちらにも惹かれた。

四十五歳のぼくはノートを読みつづけ、零時過ぎにようやく就寝した。

8

翌日は実家の残りの草を刈った。どうやら草刈り機の扱いかたに慣れたらしく、昨日ほど時間をかけず刈り終えられた。

昼めしは、スーちゃんの家へ食いに出かけた。スーちゃんの実家は、町に一軒しかない定食屋なのだ。味はいいが、一度に二十人ほどしか入れない狭い店である。

ここ数日は、混む時間帯に行くのは悪いかと遠慮していた。しかし十一時ならば空いているかもと、暖簾をくぐってみた。

「はーい、いらっしゃい」

「おうボヤ、来たかぁ」

「あんた、失礼なこと言うんでねぇの。もう子供でねぇんだっけ、そんな渾名で……」

「いや、いいんです」

割烹着を着たスーちゃんの母親に、ぼくは手を振る。

「昔のとおりに呼ばれたほうが、嬉しいですから」

店はすでに混みはじめていた。カウンター席の一番端に座り、壁のメニューを眺めた。スーちゃんは、厨房で重そうな中華鍋を振るっていた。

「へえ。バターチキンカレーがメニューにあるんだね」と言うと、

「おう。そいつは嫁の得意料理だべさ。注文してみぃ。ライスとナンと選べっし、意外と本格派の味だぞ。馬鹿にしたもんでねぇぞ」

との答えが返ってきた。

薦めのとおり、ぼくはチキンカレーの二辛をナン付きで頼んだ。運んできたのはスーち

ゃんの奥さんで、その顔には見覚えがあった。

元文芸部の生徒だ。確か母親がスリランカから嫁いできた人で、部内ではすこし居心地悪そうにしていた。町を出ないでいてくれたんだな、とぼくはほっとした。

チキンカレーは十二分に辛く、こってりとして美味かった。ナンは食べきれないほど大きくぶ厚かった。

「サービスだ」と最後に出てきたラッシーをありがたく飲んでいると、ふと向かいに影がさした。

スーちゃんだ。厨房を離れ、カウンターの正面にかがみこんでいる。

「……おまえ、センセんとこ、行ったらしいな」

「うん」ぼくはうなずく。

「なあ、ここだけの話……」

スーちゃんは素早くあたりをうかがってから、ぼくの耳に口を寄せてささやいた。

「……ここだけの話、おまえ、夢に見ねえか？」

苦しげな声だった。

「おれはな、正直言うとまだ夢に見る。自分がよう知ってる人が、同じく知ってる人を殺したって事実がな……この歳んなってもまだ、おっかなくてたまんねえんだ。ボヤの場合は、もっとだべさ。だって……」

ぼくはスーちゃんを見かえした。彼の瞳は濡れ、わずかに揺れていた。

「……だって、あの死体を一番に発見したのは、ボヤだもんな」

「ああ」

吐息とともに、ぼくは返事を押し出した。

まぶたを伏せる。

あの光景はいまでも、昨日起こったことのように思いだせる。

風で、水面に細かなさざ波が立っていた。彼女は池に顔と上半身を伏せ、ぴくりとも動かなかった。髪が黒い藻のように広がり、やけに白いうなじに、青い痣があざやかに浮いていた。

――鱗《うろこ》のような、青い痣。

魔女グルノーマも持っていた痣だ。うなじにあるその青い痣が、グルノーマの唯一の弱点だった。いわゆるアキレスの踵《かかと》である。

ロウを誘惑するうち、魔女グルノーマはいつしか彼をほんとうに愛してしまった。嫉妬のあまり、グルノーマはティリアを殺そうとする。しかし痣が弱点であると暴かれ、逆にロウの剣撃を受けて倒れる。

とはいえ魔女グルノーマは、ロウの剣では殺せない。剣にかけられたのと同種の呪いを、その身に授かっているからだ。

しかたなくロウは、瀕死の魔女を聖なる泉に沈める。聖なる泉は呪いを無効化するからだ。暗い水底でグルノーマは力を失い、やがて絶命する。

第四章から十三章にかけて作中に君臨した魔女にしては、あっけない惨めな死であった。

スーちゃんの店を出て、ぼくは実家に戻った。

草刈りは終えたので、次は物置小屋の整理だ。がらくたばかりだった。しかし、そのすべてに思い出が染みこんでいた。

父のカメラと三脚。親戚の誰かが自費出版で出したという郷土史。汚れた羽根布団。旧式でやたらと重い掃除機。クリスマスツリー。五月人形。母の三面鏡まであった。

三十年前は、どこの家の母親も三面鏡の前に座って化粧をしたものだ。やたらと華美な金ピカの台座に、ぶ厚い埃が溜まっている。

――そうだ。あの日も母はこの三面鏡の前に座っていた。

「へえ、あれが噂の先生？」

日が暮れてしまったからと、ぼくを家の前まで送ってくれた宇津木先生を見て、母はそう言った。鏡越しにぼくを見ながら、

「いい男じゃなぁい」

妙な節を付けて言い、にやりとした。

「どこがだよ」

ぼくは口を尖らせる。母が声をあげて笑う。

「おやおや、いつもぼやっとしてるくせに、あんたも意外と男だねぇ」

「は？　なに言ってんの」

「ほら、わかんないでしょ？　そういうとこが男なのよ。あの先生はさ、色気があんの。あんたら男にはわからない妙な色気がね」

ぼくは答えなかった。ひたすら不快だった。十代のぼくには、母が女の一面を出すのが不気味でしかたなかった。だから、話題をすこしずらした。

「それより〝噂の先生〟ってなんだよ。なんの噂？」

「気になる？」

「うるさいよ。いいから言えって」

「んー、正確には〝噂の旦那さん〟かねえ。あんた、あの先生の奥さんと会って話したことある？」

「挨拶くらいならある」

「ふうん」

母は意味ありげに片眉を上げ、

「あの夫婦、家でも派手な喧嘩ぁしてんだかね？」

めずらしく方言でそう尋ねてきた。ぼくは面食らい、逆に問いかえした。

「え、なに？　喧嘩？」

「いんや。わがらねなら、いいんさ」

母は鏡に顔を近づけ、目の縁に黒いラインを描きはじめた。

化粧に集中しはじめた母が、もうまともに応答しないことはわかっていた。ぼくは部屋を出ていき、その会話は終わった。

先生夫妻が路上で派手な喧嘩をしたと、クラスメイトから聞かされたのは数日後のことだ。

「ああもう、やだやだ！　あんたみたいなつまんない男が、なんでいつもいつも女に囲まれてやがんのよ！」

と雅美が喚き、先生が〝女殺し〟と呼ばれるようになったきっかけの喧嘩である。

しかしボヤのぼくは「ふうん」と思っただけだった。先生夫妻の噂をするとき、なぜみんながにやにやするのか、声をひそめるのかぴんとこなかった。

真野亜衣香に恋していたくせに、ぼくは他人の色恋沙汰に疎かった。大人の恋愛の機微なんて、はるか遠い話だった。

——だからこそ、あんな馬鹿な真似をした。物置小屋から運び出したがらくたを、四十五歳のぼくはせっせと庭に積んだ。腕の筋肉が軋み、腰が悲鳴をあげた。

粗大ゴミの日はいつだろうか。ドンちゃんにあとで訊かねばなるまい。

額の汗を拭き、ぼくは長いため息をついた。

西日が部屋を橙《だいだい》に染めている。

畳にあぐらをかいたぼくは、四冊目の『ロウ・グリーン戦記』に目を留めた。

表紙の端に、うっすらと指紋が付いていた。

インクが染みた指でノートに触れたせいだろう。親指の指紋に見えた。ぼくのものではない。少年と比べても、この指はちいさく華奢すぎる。

間違いない。真野亜衣香の指紋だ。

四十五歳のぼくはノートを額に押しつける。きつく目を閉じ、愚かだった過去の自分を悔やむ。

――三十年前、なぜぼくはあんなことをした？

短慮だった。想像力がなかった。

いや、そんな言葉じゃ言いあらわせない。自分の行動がなにをもたらすか、まるでわかっていなかった。

この四冊目は、第十四章から十六章を写し書きしたものだ。

魔女グルノーマの死後、ロウとティリアはお互いの気持ちを打ちあけ合う。第十四章で、彼らはようやく恋人同士となる。

十五歳のぼくは、そのくだりに興奮した。じっとしていられず、布団にしがみついて足をばたつかせた。胸が高鳴り、耳たぶまで熱くなった。

それはただのラブシーンではなかった。ぼくと亜衣香の恋の成就であった。すくなくとも、そのときのぼくにとっては。

そうして興奮しきった十五歳のぼくは、最大の愚行を犯す。

『ロウ・グリーン戦記』を真野亜衣香に読ませたのだ。むろん先生の許可などとらず、勝手にである。

なぜそんなことをしたかって？　自分の思いを、彼女にわかってもらいたかったからだ。亜衣香も『ロウ・グリーン戦記』を読めば、ぼくと同じ感想を持つに違いないと思いこんでいた。

だが、そんなわけはなかった。

真野亜衣香は本好きだった。ぼくの百倍も千倍も読解力があった。

彼女は正しく『ロウ・グリーン戦記』を読みとった。ヒロインのティリアは亜衣香自身であり、そして英雄ロウ・グリーンは宇津木先生の分身である――と。

亜衣香は怯えた。

母親の生ぐさい部分に、ぼくは嫌悪を覚えた。あれと同じだ。いや、少女の亜衣香ならば、不快感と嫌悪に加えて身の危険という恐怖もあっただろう。

ノートを抱えたまま、亜衣香は数日間悩んだ。

そうして悩みつづけた末、彼女は選択を——いま思えば正しいとしか言いようがない選択をした。両親にノートの存在を打ちあけたのだ。

先にも書いたとおり、この町で真野姓は二番目に人口が多い。町議にもＰＴＡ役員にも、真野姓は複数いた。亜衣香の両親に相談を受けた彼らは、事態を重く見て学校に正式な抗議をした。

「現役の教師が、受け持ちの生徒によこしまな想いを抱くなんて」

「教師失格だ。学校の監督不行き届きだ」

「学校側は、生徒の安全を守る気があるのか」

抗議はすべて正論だった。『ロウ・グリーン戦記』は大問題となり、町じゅうの住民にその存在が知れわたった。

噂は噂を呼び、口伝えされるたびにねじ曲がった。

先にも書いたとおり、町民たちはやさしいが聖人君子ではない。伝言ゲームを繰りかえすうち、『ロウ・グリーン戦記』は「生徒をモデルにしたポルノ小説」、「ロリコン教師の妄想を書いた、いやらしい作品」だと決めつけられていった。訂正しようにも、実物を読んだのは宇津木先生とぼくと亜衣香だけだった。

　先生夫妻の不仲は有名だった。おまけに先生は、実母や実姉ともぎくしゃくしていた。それもまた、妻の存在をめぐっての不仲だ。

「みったぐねぇ女房なんか、さっさと捨ててしまえ」

「お姉ちゃんの将来のことも考えれ。あったら性悪女より、あんたが責任持たねばなんねぇのは、お母さんとお姉ちゃんだぁ」

　それらの言葉に、宇津木先生が追いつめられていると皆が知っていた。「逃げだ」と町民は噂した。彼は現実の女たちに嫌気がさしていたのだ、だから自分の言いなりになりそうな、おとなしい女子生徒に逃避したのだと。

　そこにいたって、さすがのぼくもようやく「馬鹿な真似をした」と悟った。「全部、自分のせいだ」とも思った。

　しかしまだ、英雄ロウ・グリーンが先生の分身だという実感はないままだった。

　宇津木先生は休職を命じられた。

　亜衣香は学校に来なくなった。

　妻の雅美はさんざん先生をなじった挙句、県外の実家に帰ってしまった。

　先生の母親は「いい恥さらし」だと嘆き、先生を杖で打ち叩いたあと、自宅に娘とともに閉じこもった。

宇津木先生は四面楚歌だった。町民は皆、彼から静かに遠ざかった。

――そして、あの事件が起こった。

ぼくが亜衣香に『ロウ・グリーン戦記』を見せてから、約二箇月後のことだ。

宇津木邸の庭で、彼女が溺死体となって発見されたのは。

――先生に謝らなければ。

西日に照らされながら、四十五歳のぼくはそう誓う。

なにもかもぼくのせいだった。いくら子供だったとはいえ、なぜあんなにも愚かで鈍感でいられたのかわからない。

先生にしたら、恩を仇で返された以外のなにものでもなかったろう。せっかく目をかけてやった劣等生に、すべてを台無しにされたのだ。

――謝罪を受け入れてもらえなくてもいい。

だがせめて一言、先生に謝らなくてはならなかった。

9

「ドンちゃん、草刈り機、ありがとう」

「おう。もういいんけぇ」

日焼けした顔が、藍染めの暖簾をかき分けて覗く。昔と変わらない、人なつこい笑みをたたえて見つめてくる。

「おかげさまで庭がきれいになったよ。ここに置いておいてもいいかな」

「ああ、そこらに立てかけといてくれや。それより、まんず上がってけ。気の利いたものは出せねぇけども、お茶の一杯くれぇ出せる」

「いやいやそんな、ここで結構——」

言いかけて、ぼくは息を呑む。ドンちゃんの背後から、ひょいと女の子の顔が覗いたせいだ。
七、八歳だろうか。二重《ふたえ》の眼がくりっとして、色が白い。母親似だった。両脇の髪を細く編み、後ろでひとつに結んで垂らしている。
スリッパの音が近づいてきた。

「あれあれ、駄ー目だってぇ。お客さんの前に、勝手に顔出すんでないの」

暖簾がぱっとひらく。白い腕が、娘を引き寄せる。

あらわれた顔に、ぼくは微笑んだ。

「ひさしぶり」

声がかすれなかったことに、内心でほっとする。

「ひさしぶり、なんて厚かましい挨拶かな。ぼくのこと覚えてる？」

「いやだぁ。忘れるわけないべ」

三十年前とは違う、訛《なま》りをきつく含んだ声。

あの頃はみんな、標準語を話さねばとやっきになっていた。訛りなんてかっこ悪い、テレビの芸能人みたいにしゃべりたいと思っていた——。

「もちろん覚えてるさあ。金矢くん」

眼前に、四十五歳の亜衣香がいた。

二十キロは太っただろうか。色白なのは相変わらずだ。しかし右頬に、コーヒーいろの大きな染みが浮いていた。目じりと両頬の脇には、くっきりと皺が刻まれていた。

だが体重の増加も、染みも訛りも、彼女は完全に受け入れていた。すべてが年輪であり、三十年間の幸福がもたらした副産物だった。

「真野さん——なんて、もう呼んじゃいけないか。でもどう呼んだらいいかわからないな。ドンちゃんの奥さん、でいい？」

「お好きなように」

亜衣香が微笑む。そのやわらかそうな腕の中で、娘が身をもがく。

「下のお子さんかな？　昔の真野さんそっくりだね。あ、それとお弁当ありがとう。焼きそばと炒飯、どっちも美味しかった」

「やだ。お世辞やめてえ」

亜衣香は頬を赤くした。

「金矢くんに食べさすって知らなかったんよ。あったら田舎くさい弁当、口の肥えた都会の人に出してしもて、恥ずかしいわあ。うちの人ったら、ほんと気が利かない。夜のうちに言ってくれたらよかったんに……」

ぼくは目を細め、笑顔をつくりながら彼女を見る。

あの事件を機に、町から多くの住民が離れた。

しかし亜衣香はその限りではなかった。離れる必要がなかったからだ。

なぜって、亜衣香にかかった疑いはすべて晴れた。彼女と宇津木先生は無関係だったと、町のみんなが納得した。

事件が解決してから、亜衣香はみるみる明るくなった。無口な文学少女だった頃が嘘のように、おしゃべりになって友達を増やした。長い間憧れていた少年とも、無事に恋仲になった。

運動神経がよく、足が速く、クラスで一番野球が上手かったドンちゃん。

たいていの女子生徒は、スポーツ万能で明るい人気者の男子が好きだ。むろん亜衣香も例外ではなかった。

二十数年前、ぼくは彼らの結婚式に招待された。けれど仕事を理由に出席しなかった。

代わりに祝電を打ち、多めのご祝儀を書留で送って済ませた。

「上がっていけってぇ」

ドンちゃんの勧めを「まだ家の整理があるから」とぼくは断った。

去り際は、亜衣香そっくりな娘に手を振りかえした。

亜衣香本人も笑顔で手を振ってくれた。その笑みになんの屈託もないことに、ぼくは心から安堵した。

——当然だ。

彼女はぼくを恩人だと思っている。ぼんやりの「ボヤ」ながら、宇津木先生は危険だと教え、遠ざけてくれた恩人だと。

あのノートを見せることで、ぼくは亜衣香に警告し、先生の毒牙が伸びるのを防いだ。二箇月後に起こった殺人は不幸だったけれど、中学生の身でできるだけのことはやった——。町のみんなは、そう解釈してくれた。

だからぼくが亜衣香に片思いしていたことは、いまもって誰も知らない。

知っているのはぼく本人と、おそらく宇津木先生だけだ。

10

翌日、ぼくは宇津木先生のもとを訪れた。

庭の草を刈り、屋敷中の電球をＬＥＤに換え、天井の四隅に張られた蜘蛛の巣を払った。

先生はぼくをねぎらい、お茶をご馳走してくれた。先日と同じ、風味の失せたアールグレイだ。お茶菓子は町の雑貨屋に届けてもらったという、懐かしい味のビスケットだった。

「先生」

紅茶を一口含んで、ぼくはそっと切りだす。

「今日は、先生に謝りに来たんです」

だが宇津木先生は顔を上げない。ぼくを見もしない。ビスケットを指でつまんで割り、かけらをひとつずつ口に運んでいく。

彼の仕草にぼくは老いを見て悲しくなる。そして、唇をひらく。

「すみませんでした。三十年前、あのノートを——、『ロウ・グリーン戦記』を真野亜衣香に読ませたのはぼくです。全部、ぼくのせいです」

静寂が室内を覆った。

気まずく、長い長い静寂だった。やがて、ちいさな声で先生が言った。

「いいんだ」

しわがれた声だった。

「そんなことは、もう、いいんだ」

その声音は、ぼくの心臓を摑んで絞りあげた。

呼吸が詰まる。息ができない。鼻の奥がつんとして、視界がわずかにぼやけた。

ぼくは顔をそむけ、親指で目がしらを拭った。

開けはなたれたドアの向こうが見えた。洋館には不似合いな黒い影。仏壇だ。黒枠の遺影が、二つ並べて置かれている。

先生の実母と、姉の遺影だった。彼女の遺影はないんだな——ぼんやりとぼくは考え、考えたそばから後悔した。

「先生、ぼくは」

あえぐような声が出た。真正面から、先生を見た。

「ぼくは先生に、もうひとつ、謝らなければいけないことが」

「やめなさい」

先生が遮る。硬い声だった。

ぼくは追いすがった。

「でも」

「いいんだ。もう、終わったことだ」

その口調に、まっすぐ見かえしてくる瞳に、ぼくは愕然とする。もしやと思っていたことを、はじめて確信する。

「……知ってたんですね？」ぼくは言った。

「ああ」

先生がうなずく。

「きみだね」

澄んだ声音だった。

「――彼女を殺したのは、きみだね。金矢くん」

「ええ」

同じだけぼくも、深くうなずきかえした。先生から目をそらせなかった。

「そうです。……ぼくが、彼女を殺しました」

ふたたび視界が潤み、霞んだ。

ステンドグラスを透かした陽光が、かすかに床の上でたゆたっていた。

11

魔女グルノーマは叫んだ。

「ふふん！　あんたがどんなにあたしを憎んだって無駄だよ。あたしはあんたの呪いそのもの。あんたがその剣を持つ限り、あたしからは逃げられやしない。たとえあたしの息の根が止まっても、この呪いは永久に生きつづけて、あんたの手に足に、心にまとわりつづけるだろう」

「黙れ」

英雄ロウ・グリーンは顔を歪めた。

剣を握った手が、わずかにわなないた。恐怖ではない。嫌悪だ。眼前の魔女への、こらえきれぬ嫌悪から生じた震えであった。

この魔女だけは生かしておけない——。

心に決めて、ロウは剣を正眼に構えた。

実家に戻り、ぼくは五冊のノートをすべて読み終えた。そして魔女グルノーマの最期を、いま一度読みかえした。

三十年前の記憶がよみがえってくる。まぶたを伏せただけで、まざまざと眼裏に浮かぶ。あざやかすぎる記憶が怖いほどだ。背すじがうすら寒く、二の腕に鳥肌が立つ。

ノートを手に、目を閉じたぼくは十五歳に戻っていた。

正確に言えば、あの事件が起こった日に、だ。

やけに日差しのまぶしい日だった。風がなく、湿度ばかりが高かった。道の向こうに季節はずれの陽炎《かげろう》が揺らめき、板塀の破れ目から覗く花弁が陽に透けていた。

学校帰りだった。ぼくは宇津木邸へとまっすぐ向かっていた。

先生の休職で文芸部は活動を一時停止させられ、先生にも亜衣香にも会えない日がつづいていた。限界だった。

しかし洋館の門は、無情に閉ざされていた。

途方に暮れて立ちつくしていると、

「──あんた、もしかしてあいつの生徒？」

酒焼けしたような、かすれた声がした。

雅美だった。宇津木先生の妻だ。実家に帰ったはずじゃ──と訝しむぼくに、

「あいつなら、いないよ」

吐き捨てるように雅美は言った。

あいつ、が宇津木先生のことだとは明白だった。

雅美は腕組みして顔を歪めた。

「あんなやつが教師で、あんたたちも災難だね。あいつが人様に教えられることなんて、せいぜい逃げ足くらいのもんさ。親から逃げて、家族から逃げて、女房から逃げて……。ふん、まったくろくなもんじゃないよ」

雅美は地面につばを吐いた。

ぼくは「すみません」と意味なく謝り、足早に宇津木邸から離れた。

それ以外できなかった。雅美のような女は、当時のぼくにとって未知の存在だった。どう反応していいのか、見当も付かなかった。

そのまま家に帰ればよかったのだ――、といまでも思う。

帰宅していれば、あれは起こらなかった。ぼくは、人殺しにならずに済んだ。

だが悔やんだところで、いまさら詮《せん》ないことだ。事件は起こった。失われた命は還らず、時間は巻き戻らない。それがすべてだ。

ぼくは近所を一周した。約十分後、ふたたび門の前へ戻った。

雅美はいなくなっていた。

ぼくはほっと胸を撫でおろした。

邸内の様子をうかがおうと、門の格子に顔を近づけた、そのとき。

「金矢くん？」

細い声がした。

雅美のがらがら声とは正反対の、可憐な声音だ。確かに耳慣れた声だった。

「どうしたの。金矢くんも、先生に会いに来たの？」

まず目を射たのは、ぼってりと太い足首だった。この足首にも見覚えがあった。学校指定の靴に白いソックス。規定どおりのスカート丈。

文芸部の部長がそこにいた。評判の優等生で、真野亜衣香の親友でもある少女だ。

「うん。あの……」

ぼくは言いよどんだ。

「せ、先生が心配で」

「わたしもよ」

部長が微笑む。そして、「こっちに来て」とぼくを手まねく。

「ほら、ここ。植え込みで隠れてるけど、フェンスが一部壊れてて、くぐれるようになってるの。金矢くんなら、痩せてるからきっとくぐれるよ」

部長の言うとおりだった。

壊れたフェンスも、ぼくがくぐれる体格だったこともだ。

ぼくたちはフェンスの穴をくぐり、宇津木邸の庭へと侵入した。

だが洋館はすべての窓を閉ざしていた。静まりかえっている。カーテン越しにも、立ち動く人の気配すらしない。

「さっき奥さんが、先生は留守だって言ってたよ」

「そう」

部長がうなずく。

「でもきっと、すぐ戻ってくるでしょう。先生はほかに行くところなんかないもの。どんなにいやでも、あの人はここに戻ってくるしかない」

奇妙に大人びた口調だった。驚いてぼくは部長を見つめた。

空気が違う、と思った。

ブレザーの野暮ったい制服。首の後ろで結った太い三つ編み。いつもと変わらない姿の部長がそこにいた。なのに、まとう空気がはっきりと違った。

部長が肩越しに振りかえる。ぼくを見て、ふっと薄く笑う。

少女ではなかった。女の笑みだった。

「どうして……」

ぼくは言いかけ、喉にひっかかったつばを呑む。

「どうして、さっきの入り口を、知ってたの」

「さあ、どうしてかしら」

歌うように部長は言う。優越感が滲んだ声だった。

当時ですらわかった。彼女はボヤのぼくを馬鹿にしている、と。同時に彼女は、誰かに秘密を洩らしたいとうずうずしていた。痛いほど伝わってきた。

「じつは、わたしね」

思わせぶりに部長は言った。

長い間を持たせながら、庭の池にかがみこむ。芝居がかっていた。まさしく文学作品のワンシーンのようだった。

「わたし……」

部長がちいさく首を振る。その刹那、ぼくは見た。

太い三つ編みに隠れていた、うなじの青い痣を。

——ああ、そうか。

すべてが腑に落ちた気がした。

そうか。こいつが魔女だったのか。

『ロウ・グリーン戦記』には多くのキャラクターが出てきた。そのほとんどが、先生の周囲にいる実在の町民をモデルにしていた。

喚きたてるオウム。凶兆を告げる壁の染み。ロウ・グリーンに難題をふっかける村長。第二章で死ぬ威張りくさった大男。そしてヒロインのティリアと対照的な、蠱惑的な魔女グルノーマ。そのうなじにある、鱗のようなかたちの青い痣。

ぼくはずっと、部長のぼってりした体形を鈍重だと思ってきた。しかし違った。

目の前の少女は、驚くほど肉感的でエロティックだった。その事実に気づいた途端、全身が粟立った。

——こいつだ。

ぼくは悟った。

こいつがぼくたちを邪魔していた。ロウ・グリーンと、ティリアの仲を裂いていた張本人だ。

ああそうか、だから亜衣香は学校へ来なくなった。ぼくは亜衣香と会えなくなった。なにもかも、全部こいつの仕業だ——。

体がひとりでに動いた。

ものも言わず、ぼくは部長の首を摑んだ。力まかせに頭ごと水面へ押しつけた。

部長はもがいた。しかし抵抗できる体勢ではなかった。細い腕が水を搔き、叩いた。激しい水しぶきが立った。

ぼくは腕の力を緩めなかった。彼女を池に押しつけた。押しつけつづけた。

どれほどの時間が経ったのだろう。

やがて、部長は動かなくなった。

三つ編みはいつの間にかほどけていた。黒い藻のように、水面に髪が広がっていた。その生白いうなじに、青い痣がくっきりと浮いているのをぼくは視認した。まさに、魔女グルノーマにふさわしい死にざまだった。

ぼくはその場に座りこんだ。

気づけば、制服がびしょ濡れだった。だがかまわなかった。上着が生乾きになるまでぼくは庭石に座りこみ、グルノーマの死体を眺めつづけた。

数時間後、ぼくは立ち上がり、フェンスの穴をくぐって外に出た。

向かった先は交番だった。

「門の格子の間から、誰かが倒れているのが見えました。たぶんうちの生徒だと思います。気になるから、見てきてくれませんか」

警官は疑いもしなかった。

短く刈ったぼくの髪はとうに乾いていたし、上着は腕に抱えていた。おまけに走ったせいで、全身汗みずくだった。

検死解剖の結果、部長は妊娠していたそうだ。

お腹の子の父親はすぐにわかった。彼女の自室から、日記帳が見つかったからだ。

相手は宇津木先生だった。『ロウ・グリーン戦記』のとおりだ。聖女のティリアと悪女のグルノーマ。崇高な愛と、唾棄すべき肉欲。

日記によれば、先生に妊娠したと告げた際、部長はこう叫んだという。

「なかったことにしようとしたって、無駄だからね！　一生つきまとってやる。絶対逃がさない。子供は絶対に産むし、あんたの一生の重石になってやる！」

――ふふん！　あんたがどんなにあたしを憎んだって無駄だよ。あたしはあんたの呪いと。

そのもの。

――あたしからは逃げられやしない。

先生はどんな思いで、グルノーマのあの台詞を書いたのだろう。

ともかく真野亜衣香への疑いは晴れた。

例の〝ポルノ小説〟とやらのヒロインは、殺された部長をモデルにしたのだ、と誰もが解釈した。

ぼくが亜衣香に見せたノートは四冊目のみだった。魔女グルノーマの死は第十三章、つまり三冊目に記されていた。グルノーマの死にざまを知っていたのは、ぼくと先生だけだった。

宇津木先生は、殺人の疑いで逮捕された。

しかし不起訴となった。彼には動機があり、確固たるアリバイがなかった。しかし警察は、起訴できるだけの物証を揃えられなかった。

それが、三十年前に起こった事件のすべてだ。

彼女は死んだ。彼は逮捕されたが、釈放された。そしていまもこの町に住んでいる。事件の記憶とともに、町民と生きつづけている。

いつの間にか陽が傾きつつあった。

ぼくは、ゆっくりとノートを閉じた。

12

「もう帰っちまうんだのう。寂しくなるべさ」

「はは、ありがとう」

ドンちゃんの軽トラに揺られながら、ぼくは駅に向かっていた。

滞在したのはたった一週間だ。だがその間にも、町の景色ははっきりと夏へ変わりつつあった。青みをさらに増した空に、綿飴のような雲が盛りあがっている。

「近いうちに、また来るよ」

本気ではなかった。

「おう、今度は嫁さんも連れてこい」

と返したドンちゃんも、社交辞令だと承知しているはずだった。

眼前には、平和な田舎の光景が広がっていた。

道路をゆうゆうと横断していくのは、片手に鎌を持った老婆だ。小学生らしき一団が、自転車を立ち漕ぎしながら走り過ぎる。物干し竿にかけられた白いシャツが、風をはらんで大きくふくらむ。

「刈った草の始末、頼んじゃってごめん」

「いやいや、どうせうちの草も焼かねばなんねぇんだ。面倒なのは、役場の許可をもらうことだけさあ。ちまちま焼いたってしょうがねえ。まとめていっぺんに始末しちまえるなら、そいつが一番さ」

　ドンちゃんがハンドルを切り、左折する。

　ぼくは今朝、刈った草の山にノートを五冊とも押しこんできた。三十年前、『ロウ・グリーン戦記』を写し書きしたノートだ。

　ドンちゃんはノートに気づくだろうか。だが気づいたとしても、一緒に火にくべてくれるに違いない。彼はぼく以上に、文字が紡ぐ物語に縁遠い。それにあのノートは、彼にとっても愉快なしろものではないはずだった。

　駅が見えてきた。

　と言っても、掘っ立て小屋に等しい無人駅だ。中には券売機すら置かれておらず、子供の落書きだらけのベンチが二つあるきりである。

「ここでいいよ、ありがとう」

「いやあ、駅まで乗せてくべさ。遠慮すんな」

「でも……」

　言いかけて、ぼくは気づく。

駅の前に、十二、三人の町民が立っていた。

スーちゃん夫妻がいる。亜衣香とその娘がいる。歓迎会に顔を出してくれた元同級生たちや、筍めしをくれたお隣さん。町内会長。懐かしい雑貨屋のご主人もいた。

彼らに見送られて、ぼくは時間どおりに着いた鈍行列車に乗りこんだ。

席を確保し、すぐさま窓を開ける。身をのりだして、彼らに手を振った。みんな笑顔だった。ぼくも顔をくしゃくしゃにして笑った。

景色ごと町が遠ざかり、みんなの姿が完全に見えなくなるまで、大きく大きく手を振りつづけた。

――やはり与里浜町の住民は、いい人ばかりだ。

座席に身を沈め、ぼくは思う。

あの人たちはこれからも、宇津木先生を村八分になどしないだろう。事件を忘れることなく、だが先生を受け入れながら暮らしていくだろう。

そして宇津木先生もきっと、ぼくをかばいつづけてくれる。彼があの洋館で老い、目も足腰も弱り、やがて朽ちはててしまうその日まで。

だって彼はやさしいからだ。与里浜町には、やさしい人しかいないのだ。

射しこむ陽光にぼくは目を細める。

車窓の外は、どこまでも美しい田園が広がっていた。

タイトル未定

ジョギングを終えて帰宅すると、ポストの投函口に封書が刺さっていた。

見覚えのある封筒だった。早川書房からだ。

なんだろう？　契約書や支払明細書をもらう時期ではないし……と訝《いぶか》りながら、わたしはスニーカーを脱いだ。

汗を拭いたタオルを洗濯機に放る。シャワーはあとまわしにして、書斎へ向かった。愛用のペン立てから鋏《はさみ》を抜く。

封筒には、ひとまわりちいさな封書が入っていた。スヌーピーのキャラをあしらったメモがクリップで留められている。メモ書きは担当編集者の高塚嬢からで、

「櫛木理宇さま。いつもお世話になっております。読者からのファンレターを転送いたします。高塚」とある。

へえ、めずらしい、と思った。

ファンレターをもらうこと自体は、はじめてではない。しかし九十九パーセントは某オカルトシリーズへの手紙で、つまりその出版社経由で受けとっている。シリーズものを出していない早川書房から転送されてくるのは、初であった。作者と読者がＳＮＳで直接対話できる時代ゆえ、ファンレターそのものが激減しているとも聞く。

あらためて封筒を見た。若い女性が好みそうな、ペイルブルーの洋形封筒だ。

宛名は『櫛木理宇先生』。

差出人は『山野めぐみ』。

やや丸まっこい筆跡が、これまた女性的である。そういえば、いままでもらったファンレターも八割強が女性読者からだった。

鋏の刃をあて、丁寧に開封する。同じくペイルブルーの便箋をひらく。

「櫛木理宇先生

はじめまして。わたしは山野めぐみと言います。

先生の大ファンで、愛読者です。新人賞を獲ってデビューされた著作から、欠かさず買って読んでいます。

こんなふうに書いてくる読者は、きっとわたし一人ではないでしょうね。だから本気にしてもらえないでしょうが、掛け値なしの真実です。全作品購入するのは当然として、重版するたび買っています。そして初刷、再刷、三刷、四刷と順に並べていくのです。たくさん重版された作品なら、それだけで壮観です。

いちばん好きな作品は、美男子のシリアルキラーが出てくる『死刑にいたる病』です。こちらは文庫化の際、改題されましたよね。単行本のときのタイトルが好きだったので、なぜ変えられたのか不思議でした……」

その後はあの作品が好きだ、この作品もよかった、と賛辞がつづく。

しかし三枚目の便箋から様子がおかしくなってくる。好意的な言葉が消え、がらりと論調が変わるのだ。

「先生の最近の作品、とくに短篇は気に入りません」

という書き出しから、

「一応は読みます。ですが腹立たしいので、そのたび掲載誌は破って捨てます。燃やしてしまうことさえあります」

と不穏当な文章へ繋がっていく。

それだけでなく「耐えられない」、「怒りで眠れない」、「出版社に抗議」などと感情的な単語が躍りはじめる。文字が乱れ、筆圧も目に見えて強くなっていく。

山野めぐみは、つづけてこう書いていた。

「櫛木先生はほんとうに、ほんのすこしもおかしいと思わないんですか？　編集者や編集長が注意しないのが、心から不思議で不審です。まさか先生が書いたものを、ノーチェックで通して掲載しているんでしょうか？」

そんなわけがない。作品が文芸誌に載る過程は以下のとおりだ。まず担当編集者から依頼をもらう。次に枚数に見合ったプロットを提出し、編集者のＯＫが出てから執筆をはじめる。

わたしは最低でも、締め切りの十日前には書き終えておく主義だ。そこから推敲に入り、何度か読みかえして誤字や文章のリズムをチェックする。そして締め切り日きっかりに、編集者へデータを送付する。

読み終えた編集者が修正点や矛盾を指摘してきた場合は、いま一度やりとりし、後日、修正して再送する。さらに校正作業があって、複数人で時系列などの誤りを正し、再校を終えてやっと掲載だ。

——なのに、いったいどこがおかしいと言うんだろう？

わたしは眉根を寄せてつづきを読んだ。

山野めぐみはこう書いていた。

「最初にわたしが異変に気づいたのは、小説すばる誌に『死んでもいい』が掲載されたときです。でも偶然だと思いました。きっとわたしの気のせいだ、と。しかしながらその後、『からたねおがたま』、『ママがこわい』と読みすすむにつれ、疑問は確信に変わっていきました……」

そうして彼女は、次のように結論づける。

「先生、わたしの作品を盗作していますね？」

と。

「いえ、作品、という言いかたは僭越《せんえつ》かもしれません。なぜって、まだ小説というかたちにはしていなかったのですから。ここは礼儀を重んじ、正確に書きましょう。先生、あなたはわたしの頭の中を読み、アイディアを盗用しましたね？」

筆跡はさらに乱れていた。

判読不能な文字が増え、ともすれば黒く塗りつぶしたとしか見えない箇所もあった。それでもなんとか、前後の文章から推理し解読していく。

「最初は大好きな先生と、心でシンクロできたと嬉しかったです。でもミステリマガジン誌に発表された『その一言を』にいたって、さすがに怒りを覚えました。ほかの短篇は、偶然の類似と言えるかもしれない。でもこれは駄目です。言いのがれできません。だって完全に最初から最後まで、一行一句たがわず、わたしの脳内にあったものです。わたしの作品です」

便箋四枚にわたる長い手紙だった。その手紙を、山野めぐみは以下の文章をもって締めくくっていた。

「誤解しないでください。わたしはけして櫛木先生を責めていません。嫌いにもなりたくありません。だからどうか先生、盗作を認めて、一刻も早く筆を折ってください。乱筆乱文をお許しください。かしこ」

電波だなあ――。

わたしは嘆息した。思わず眉間を揉む。

むろん盗作など、一度たりともした覚えはない。それに山野めぐみの手紙は短篇の発表時系列がめちゃくちゃだ。わたしという作家を、実際にリアルタイムで追いかけてこなかったことは明白である。

高塚さんもこんなの転送してこなくていいのに――。そう考えかけ、いや手紙は未開封だったな、と気づく。彼女に罪はなかった、ごめんなさい高塚さん。わたしは胸中で謝り、手紙を机に置いた。

あらためて階下へおり、シャワーを浴びる。

汗を流してしまえば、自然と気分も晴れた。体を拭き、体脂肪計付きの体重計に乗る。表示された数字に「うーん」と唸った。やはり、あと二キロほど痩せなくてはならないようだ。

　さて冷えたアイスコーヒーでも——とキッチンに入り、冷蔵庫を開ける。

「あ、ごめんなさい」

　かん高い声がした。

　妻の声だった。いつの間にか帰宅していたらしく、猫を抱いてリヴィングのソファに横たわっている。

「アイスコーヒーのボトル、こっちのテーブルに置きっぱなしだったわ。ごめん、ぬるくなっちゃってる。五十嵐《いからし》くんが走りに行く時刻だってわかってたのに、ほんっとごめん！」

　五十嵐は本名だ。結婚して十年以上経つというのに、妻の水那子《みなこ》はいまもわたしを「五十嵐くん」と呼ぶ。

　水那子とは同じ高校だった。三年間のうち二年を同じクラスで過ごした。子供がいないせいもあってか、まだお互いどこか学生気分が抜けきらない。そこが本人たちは気楽でいいのだが、うちの両親は「いつまでも二人でだらだらして」、「いい加減、大人になりなさい」と苦言ばかり呈す。

　冷蔵庫を閉め、わたしは水那子を振りかえった。

「謝ることはないよ。ぬるいなら氷を入れりゃいいんだ。それより、ニノンの具合はどうだった？」

ニノンはわが家の飼い猫だ。赤ちゃん猫のときに家へ来て、現在七歳。完全なる室内飼い。雑種ながらミルクティいろの虎縞に、グリーンの瞳をした美しい牡猫である。

ニノンはなぜかこのところ元気がなく、食欲も落ちていた。だから今日は、水那子が朝一番で獣医に診せに行ったのだ。

「検査してもらったけど、異状はないって言われたわ。先生は『加齢で、餌の好みが変わってきたのかも』だって。『お湯でふやかしたり、レンジであたためて与えてみなさい』だそうよ」

「そうか。まあ異状なしならよかった」

わたしはソファの脇にしゃがみ、ニノンを撫でた。

「それに、こっちこそごめんな。きみはせっかくの休みなのにさ。やっぱり平日にわたしが連れて行くべきだったよ。いくら締め切りがあったとはいえ――」

「やだ、やめてよ」

水那子が苦笑する。

「先週から、あたしが連れてくって約束してたでしょ。五十嵐くんが謝ることないじゃない。お互いごめんごめん言いあうの、やめよう。雰囲気悪くなるだけよ」

「そうだな」

こちらも苦笑し、彼女に同意した。

わたしは去年会社を辞めて専業作家になった。しかし妻は相変わらず、月から金のフルタイム勤務である。今日は土曜日で家族が揃っているものの、普段はわたしとニノンだけの男所帯だ。

氷を入れたグラスにアイスコーヒーを注ぐ。一杯目は一気に飲みほしてしまった。わたしは二杯目を注ぎながら、

「そういえば、おかしなファンレターが届いたよ」と水那子に言った。

「おかしな、って？」

「えーと、口じゃ説明しにくいな。待ってろ。書斎から持ってくる」

笑い話のつもりだった。しかしファンレターを読んだ水那子は、嫌悪もあらわに顔をしかめた。

「やだ。なにこれ、気持ち悪い」

「そうか？　面白いだろ」

「面白くないよ。笑えない。最近おかしなニュース多いし、ほんとに危ない人だったらどうするの？　こんな田舎でも、最近は治安がいいとは言えないのよ」

眉間どころか、鼻の付け根にまで皺を寄せている。

ウケると思ったのに、まずったな。見せなきゃよかったか――と思いつつ、わたしは強

いて鈍感なふりをした。

「大丈夫だって。出版社からの転送だし、こっちの個人情報がバレたわけじゃない。それに、この手のファンレターが届くのは大作家になった証さ。かの筒井康隆さんだって、スティーヴン・キングだって、おかしなファンにしゅっちゅう悩まされてたんだぜ。憧れの筒井さんに一歩近づいた気分だ」

「なに言ってるの。馬鹿ね」

つまらなそうに水那子は便箋を放った。

「捨てちゃってよ、こんなの」

「ああ。そうする」

わたしはうなずき、便箋をたたんでジャージのポケットへねじこんだ。アイスコーヒーを片手に、空いた片手で回覧板をめくる。

途端に、われ知らず眉根が寄った。

「……亮太《りょうた》くん、まだ様子があれなのか」

「ずっとああよ。民生委員や児童相談所が何度も訪問してるらしいんだけど……。親は、ノックにもインターフォンにも応答しないみたい」

なるほど。水那子がいささか過敏になっている理由がやっとわかった。

同じ町内に住む、各務《かがみ》家の件だ。長男である亮太くんが、どうやら養育放棄《ネグレクト》されていると噂が立って早や三年になる。

亮太くんは今年で小学四年生のはずだ。しかし学校はろくに行かず、近隣やショッピングセンターを朝から夜まで徘徊しているらしい。うろついているだけで無害ならまだしも、通行人に向けてエアガンを撃ったり、女子供に殴りかかったりするという。

回覧板には『エアガンで撃たれるなど、怪我をした場合は個人で対処しようとしないでください。まずは町内会長へ連絡を。通報はこちらから一括でおこないます』とのお報せが綴じられていた。名指しにこそしていない。だが、誰を対象とした警告かはあきらかだ。

「ごめん。専業になってから、あまり外に出ていないんで知らなかったよ」

わたしはため息まじりに言った。

「各務さんとこは、母親も父親もお堅い職業なんだろう？　なのに児相の訪問まで無視するなんて、どういうつもりなんだかなあ」

「不気味よね。県議がバックについてるから余裕なんだ、なんて噂まであるし……。とにかく注意してちょうだい。あなたっておかしなとこで呑気なんだから。五十嵐くんが思うより、世の中はずっと物騒になってるのよ。ね？」

「わかった」

わたしはうなずいた。うなずくしかなかった。

小説の登場人物なら、いくらだっていやな人間を出せるし書ける。しかし現実には出会いたくない。対処だって巧くない。

学生時代の十六年間、わたしはずっと非社交的な人間だった。小学生のときは典型的ないじめられっ子だ。成績こそ悪くなかったが、クラスの隅でよどむ陰気な生徒でありつづけた。まがりなりにも社会に適応してこれたのは、同じくオタクな少数の友人たちと、水那子のおかげだ。

わたしはニノンをひと撫でし、

「……すこし仕事をするよ。なにかあったら呼んで」

そう言い置いて、リヴィングを出た。

書斎に入ってすぐ、パソコンをスリープから覚ました。

まずメールをチェックする。スパムと妙なメールを削除し、編集者からの添付データを確認して返信を打つ。

次にしたのは、自分のツイッターアカウントのチェックだった。

いまや作家本人が自作を宣伝し、プライベートを発信するのが当然の時代だ。通知が「4」の数字を表示している。おそらく昨晩のツイートへの反応だろう。

マウスをクリックして、手を止めた。

リプライが届いていた。アカウント名は『山野めぐみ』。

——読みました？

一行だけのリプライだった。

しばし、あっけにとられた。次にこみあげてきたのは呆れ混じりの苛立ちだった。なんだこれは。なんの悪ふざけだ？

わたしは『山野めぐみ』のアカウントに飛んだ。

アイコンはデフォルトのままだ。フォロー0、フォロワー0。ツイート数2で、登録は今月である。どう見たって、俗に言う〝捨てアカウント〟であった。

放置すべきか迷った。リプを返すべきではないと、理性はそう告げていた。しかし好奇心が、両の手を勝手に動かした。

——なにがです？

その一文だけを返信した。

ブラウザを閉じ、二時間ほど執筆に没頭する。原稿用紙換算で六枚ほど書いたところで、小休止した。二千字を越えたあたりで、たいていいつも一休みしたくなるのだ。脳を使ったせいだろう、カフェインと糖分が欲しい。

抽斗を開け、チョコレートを一粒口に放りこんだ。舌でゆっくり溶かしながら、ブラウザを立ち上げる。ツイッターへ繋ぐ。

『山野めぐみ』のアカウントから、返事は来ていなかった。

土曜日ゆえ、夕飯の当番は妻だった。煮込みハンバーグに茸《しいたけ》のソテー、小松菜の煮びたし、浅蜊《あさり》の味噌汁である。そこへ缶ビールが一本だけ付く。

水那子が入浴している間に、皿を洗った。

わたしは烏《からす》の行水だが、水那子は長風呂だ。妻がリヴィングに戻るのをじりじり待って、ようやく戻った彼女と並んでソファへ座る。夜九時からは、配信レンタルした海外ドラマを二人で観る時間なのだ。

かの『ＣＳＩ』は、スピンオフも含めて二人ともハマりにハマった。『クローザー』と『メジャー・クライム』は無事に完走したし、『ゲーム・オブ・スローンズ』には熱狂した。『クリミナル・マインド』や『ウォーキング・デッド』は新シーズンが開始するたび欠かさず観ている。そのほか、新作にも次つぎ手を出していくため休む暇がない。

今日は水那子がとくにハマっている、弁護士もののドラマを観る日だった。

一本観終え、猫とすこし遊ぶと十時を越えていた。

妻に早めの「おやすみ」を告げ、わたしは書斎へ向かった。

一歩入ってすぐ「あれ？」と思う。

ペン立ての位置が、記憶と違っている気がしたのだ。確か鋏を使ったとき手前に置き、またもとに戻した——はずだが、いや、気のせいかもしれない。

一時間ほど執筆したが、どうにも気分がのらなかった。

濃いコーヒーでも飲んで一息つくべきかと迷う。しかし結局はあきらめて、椅子の上で背伸びをした。

まあこんな日もあるさ、と自分に言い聞かせる。どうせ締め切りは来週だ。人間なのだから、調子の悪い日があって当然ではないか。

ツイッターを確認しようかとも思ったが、これもやめておいた。今日はこのまま、書斎の簡易ベッドで寝ることにしよう。

上に羽織っていたカーディガンを脱ぎ、PC用チェアに掛けた。厚ぼったい毛布にもぐりこむ。両の耳孔に耳栓を詰め、アイマスクを装着する。

眠りはすぐにやってきた。濃い、泥のような眠りであった。

ツイッターにリプライが届いているのを確認したのは、翌朝のことだ。

例の『山野めぐみ』からである。

文面はなかった。画像だけが貼られていた。マウスを右手に構えたまま、しばしの間わたしは動けなかった。

画像に写っていたのは、一枚の表札だ。濃いグレイの御影石に、白字で『五十嵐 IKARASHI』と彫ってある。門柱はベージュのタイル貼りで、表札の下にインターフォンが設置されている。

わが家の表札だった。そして、わが家の門柱である。

この一戸建ては、両親から譲り受けた土地に十五年前に建てたものだ。名義はわたしと妻との共同。今年の春にまとまった印税が入ったため、残りのローンを一括完済したばかりだった。

わたしは慌てて『山野めぐみ』のアカウントへ飛んだ。そして、凍りついた。

『山野めぐみ』のツイート数は23に増えていた。そうして九割強のツイートに、わが家をあらゆる角度から撮った画像が添付してあった。

めまいがした。世界がぐらぐらと揺れる。首から上に、全身の血がのぼってしまった気がした。

まわりの音が遠くなり、代わりに激しい耳鳴りがした。

――どうして、こんな。

わたしは本名と住所を非公開にしている。文藝家協会の会誌でも作家名鑑でも、一度たりと公開したことがない。

執筆活動をしているのは親きょうだいと、ごく親しい友人だけである。みな信用できる人間だ。面識のない一読者にバレるはずがなかった。

——ともかく、ネット上から削除させなくては。

急いでわたしは、ツイッター社への削除依頼方法を検索した。サポートサイトにアクセスし、『個人情報を含むいやがらせ』の条項で削除を要請する。

送信して、ほっと息をついた。

すこし冷静に戻れたようだ。すこしずつ動悸がおさまりつつある。

検索によれば、ツイッター社はおおむね二十四時間以内に対処してくれるらしい。丸一日ネットに自宅の画像がアップされているのは落ちつかないが、さいわい『山野めぐみ』のフォロワーは0のままである。

そういえば、彼女はわたしのアカウントすらフォローしていないのだ——と、ようやく気づいた。

公開アカウントなため、未フォローでも閲覧はできる。だが監視する気なら、普通はフォローしておくはずだ。『山野めぐみ』がなにをしたいのか、目的がまるでわからなかった。

——水那子に言っておくべきだろうか。

両手の指を組み、しばし考える。

結果、今日のところは言わずにおこう、と決めた。

どうせ画像は二十四時間以内に削除される。フォロワー0のアカウントならば、誰かの目に触れる可能性は低い。加えて、わたしは世間からただちに注目されるほどの流行作家ではない。

――ひとまずここは、『山野めぐみ』の出かたを見よう。

マウスを操り、パソコンをスリープモードにした。

書斎を出る。二階の廊下は、燦々と日が射してまぶしかった。ベランダへ繋がるドアを開けはなつ。涼やかな風が吹きこんできた。

リヴィングでは、水那子がソファに腰かけて朝刊を読んでいた。

「おはよう」

「おはよう。コーヒー淹れてあるよ」

「ありがとう」

サーバからコーヒーを注ぎ、水那子の隣に座った。ニノンはといえば、キャットツリーの最上段で気持ちよさそうに目を閉じている。

「ニノンはいいなあ、いつものんびりで。今日はわたしも、あいつを見ならってのんびりゆっくりするとしよう」

「なに言ってるの」水那子が笑った。

「あなただっていつものんびりしてるじゃない。通勤しなくていいし、好きなだけ朝寝坊できるし、朝湯だって朝酒だって自由気まま」

「おいおい、朝酒なんかしたことないぜ」

わたしは笑って、

「これでもフリーランスなりの悩みはあるんだ。とはいえきみと違って、時間に縛られてないのは確かだな。よし、ねぎらいのつもりで、昼めしはわたしが作るとしよう」

「そうしてちょうだい」

ちなみに二人とも、朝食を食べる習慣はない。朝はコーヒーだけで、週末は十時半から十一時ごろに朝昼兼用の食事をとる決まりになっている。

冷蔵庫を開けた。ベーコンがあるし、古いキャベツを使いきってしまいたい。というわけで、ランチはペペロンチーノにした。

鍋にお湯を沸かす。大蒜《にんにく》と鷹の爪をたっぷりのオリーヴオイルで炒める。パスタを茹でている間に、ニノンにはドライフードを用意した。医師の薦めどおり、すこしお湯でふやかしてから愛用の皿に盛った。

午後からは、近くのショッピングセンターへ出かけた。

一週間分の食料を日曜のうちに買い溜めておくのだ。ペーパードライバーのわたしは荷物持ちで、運転と買いものの指揮が妻である。

店内に入る。妻はショッピングカートを押し、わたしは買い物籠を一つ持って、まずは別べつに見てまわる。それぞれ半周したのち、精肉コーナーのあたりで合流するのがなんとはなしの習慣だ。

わたしは真っ先に雑誌コーナーへ向かい、次いで酒類を見つくろいに移動した。

陳列棚にビールや発泡酒がずらりと並んでいる。糖質オフの発泡酒を籠に入れていると、背中に衝撃を感じた。

「いたっ」

誰かにぶつかられたらしい。腕に長い髪が触れた。女だ。

「あ、すみませ……」

ぶつかられた側だというのに、反射的に謝ってしまう。

振りかえりかけて、わたしは動きを止めた。

知らない女だった。顔立ちだけを見たなら三十代なかばだろうか。しかし髪も肌も妙に乾いて、全体にくすんで見えた。鼻の下の産毛がやけに濃い。右の目に、大量の目やにがこびりついている。

女はわたしを凝視していた。ぶしつけな視線だった。わたしは面食らい、その場に立ちすくんだ。

「あの……」

すみません、といま一度謝ろうとした。だがその前に、女が顔を寄せてささやいた。

「――読みました？」

「は？」

「わたしの手紙、読みました？」

　ざわり、と鳥肌が立った。

　まさかと思う。まさか、眼前のこの女が――？

　わたしはきびすを返した。あとも見ず、早足でその場を去った。

　鼓動が耳の近くでどくどくと鳴っている。腋下から流れた冷たい汗が、腋腹をひとすじ伝って落ちた。

「あ、五十嵐くん」

　水那子だ。わたしは背後を振りかえり、あの女がいないことを確かめてから、水那子に寄り添った。

「どうしたの？　へんな顔して」

「あ、いや……なんでもない」

　そうとしか言えなかった。

　その後は店を出て車に乗りこむまで、水那子のそばを離れられなかった。あの女が妻に殴りかかりでもしたら、と考えるだけで恐ろしかった。それに正直言って、一人になるのが怖かった。

異変に気づいたのは、帰宅してすぐだ。

閉めたはずの、一階の掃き出し窓がひらいていた。床にははっきりと、土足で歩きまわった跡が付いていた。

靴跡からして二十四センチほどだろうか。女のサイズに思えた。

「け、警察、呼ばなきゃ……」

うろたえながら、水那子がスマートフォンを取りだす。

しかしわたしは「待って」と彼女を制した。

何者かに侵入されたのは確からしい。しかし、室内が荒らされた形跡はなかった。クロゼットもチェストの抽斗も閉ざされている。テーブルの朝刊だって、わたしが置いたときの角度のままだ。

「どうやら、なにも盗られていないようだ。一応確認する必要はあるが……」

わたしは言った。サッシのクレセント錠に、壊された様子はない。施錠したつもりだが閉め忘れたのだろうか。

「鍵を壊されてもいないな。なにひとつ被害がないんじゃ、警察は親身になってくれないよ。ひとまず、現場の証拠写真だけ撮っておこう」

「と……撮っておいて、どうするの」

「様子をみよう」

水那子は目を見ひらいた。なにを言ってるの？　と言いたげな瞳だった。

「きっと、各務さん家の亮太くんよ」

水那子は言い、自分の腕を擦った。鳥肌をおさめるような動作だった。

「ついにわが家も、あの子のターゲットになったんだわ。町内会長さんに連絡しておかなくちゃ……」

「いや、待てって」

「なにを待つ必要があるの」

水那子はわたしを睨んだ。白目が濡れて、にぶく光っていた。

「五十嵐くん、わかってるの？　自宅に侵入されたんだよ。犯罪よ。今回はなにも壊されなかったかもしれないけど、次はどうなるかわからない。相手が子供だからって、甘い顔しようとしないで」

「いや、ええと」

わたしは狼狽した。

子供の仕業とは限らない、と言いたかった。だが言えなかった。それを口にしたなら、山野めぐみについてすべてを打ち明けねばならなかった。

額の汗を拭きながら、なぜこんなことになってしまったんだろう、と思う。最初から妻にあらいざらい話しておけばよかったのか。いやでも、ほんとうに各務さんの息子の仕業かも——。

チャイムが鳴った。

わたしも水那子も、その場でびくりと肩を跳ねあげた。

顔を見合わせる。

いち早く動いたのは水那子だった。インターフォンのモニタに駆け寄り、来訪者を確認した。

「お隣さんだわ」

ほっとした顔で言い、スリッパを鳴らして玄関へ駆けていく。

廊下の向こうで、玄関のドアが開く音がした。水那子がお隣さんとなにか話している。

わたしはその間にスマートフォンで、開けはなたれたサッシと足跡を撮影した。

数分で水那子は戻ってきた。

わたしは掃除用のワイパーで床を拭きながら、

「お隣さん、なんだって?」

と妻を振りかえった。そして、ぎょっとした。

水那子の顔は蒼白だった。血の気が失せ、表情もかき消えている。能面じみていた。

「これ」

短く言い、右手を突き出す。水那子の手には、一枚のチラシが握られていた。よほど強く握りしめていたのか、指の関節が白っぽくなっている。

「……なに？」

「いいから見て」

わたしは水那子の手から、チラシを受けとった。目を見ひらく。

大きく印刷されていたのは、わたしの写真だった。『盗作野郎』、『女をもてあそんで捨てた人でなし』等の文字が、太いゴシック体で躍っている。ほかにもわたしが脱サラした作家であることや、著作名に加え『女房の稼ぎで食っているヒモ』、『小説は既存の作品を切り貼りした盗作だらけ』と、誹謗中傷がびっしり印字されていた。

棒立ちのわたしに、水那子が言う。

「お隣さんがね、『おせっかいかもしれないけど』って言いながら、ご注進に来てくれたの。それ、ご近所一帯のポストに配られたんだって。いわゆる怪文書ってやつ？　五十嵐くん、ずいぶんよそで恨まれてるみたいね」

氷のような声だった。

「いや、あの――待ってくれ」

「身に覚えがあったってわけね。家宅侵入を大ごとにしたくない理由が、おかげでようくわかったわ。『女をもてあそんで捨てた人でなし』ですって？　ふうん。恨んでるのは、どう見ても女性よね」

「違うんだ。あの、話を聞いてくれ」

われながら、無様に声が震えた。

水那子は無言で、わたしの手からチラシを引ったくった。そして冷えた一瞥をくれ、速足でリヴィングを出ていった。

あとには、呆然とするわたしだけが残された。

翌朝の水那子の第一声は、

「ニノンは!?」だった。

スーツを半端に着て、まだノーメイクだ。

わたしは目を白黒させた。「え……知らないよ。いないのか?」

「家じゅう探したけど、どこにも姿が見えないの。トイレを使った様子もないし……。ああ、どうしよう。なにかの拍子に外に出ていっちゃったのかしら」

「いや、それはないだろう」

ニノンは生まれてからずっと室内飼いだ。子猫のときならいざ知らず、ここ数年は外に出たがるそぶりすらしなかった。

水那子は壁の時計を何度も見上げ、

「どうしよう。今日はクライアントと会う約束があって休めないのに。でもニノンを捜さなきゃ。あの子、外で迷子になったりしたら、戻ってこれないに決まってる。外のことなんて、なにも知らないんだから……」

「捜しておくよ」

わたしは断言した。

「捜して、きっと見つけだす。だからきみは安心して出社して。たとえ外へ抜け出ていたとしても、そう遠くへは行っていないはずだ」

水那子はわたしを見かえした。

いまだ不信感がべっとり沈殿した瞳だった。と同時に、その双眸《そうぼう》はすがるような色をたたえていた。

当然だ。ことニノンに関して、わたしたちが敵同士でないことははっきりしていた。たとえわたしが浮気者のろくでなしだったとしても、ニノンを心底愛してきたのは揺るぎない事実だ。

「必ず見つけてね」

わななく声で言い、水那子は洗面台へ走った。大急ぎでメイクをし、スカートのホックを留め、ジャケットを抱えてあたふたと出ていく。

水那子を見送ってすぐ、わたしはニノンを捜しまわった。

まず家の中をくまなく調べ、次に近所を走りまわった。

子供がいないわたしたち夫婦にとって、あの子はわが子同然だ。失うなんて考えられない。想像しただけで――いや、想像すらできない。

四時間かけて走りまわった。

しかし、ニノンはどこにもいなかった。

もしや家に帰っていないかと、いったん自宅へ戻る。乾いてひりついた喉に水道水を流しこむ。荒い息をおさめようと、シンクに手を突いたところで、ふと気づいた。

――まさか。

まさかそんな、と思う。

しかしいったん湧いた疑念は止められなかった。わたしは階段を駆けあがった。

書斎に飛びこむ。パソコンをスリープから起こし、ネットへ繋ぐ。

ツイッターのアカウントに、ダイレクトメッセージが届いていた。震える手でわたしはクリックした。

疑念は当たっていた。もっとも当たってほしくない疑念だった。

最悪の結果がそこにあった。

『山野めぐみ』からのダイレクトメッセージには、何枚もの画像が添付されていた。そのすべてが、ニノンの無残な画像だった。

それはすでに生きものの形状をしていなかった。わたしたちのニノンだと、信じたくなかった。だが飼い主であるわたしにはいやでもわかった。まぎれもなく、愛しいあの子だった。

グリーンの瞳。ミルクティいろの虎縞。血にまみれた肉球のかたちさえ、あの子以外の猫ではあり得なかった。

わたしは部屋を走り出た。

トイレに駆けこみ、嘔吐した。吐くものがなくなって胃液だけになっても、まだ吐いた。

なぜだ、と思った。なぜあんなことを。

ニノンがいったいなにをしたというのだ。わたしに怒っているなら、わたしにぶつければいいではないか。なぜあの子を殺した。しかもあんなひどいやりかたで。あんなふうに、原型もとどめぬほど切り刻んで――。

おぼつかぬ足どりで、わたしは書斎へ戻った。

ツイッター社にあらためて削除依頼を出し、そして、パソコンの電源を落とした。


その後のことは、よく覚えていない。

「――らしくん、五十嵐くん？」

階下から呼ぶ声で、はっとわれに返った。水那子の声だ。

気づけば、窓の外は真っ暗だった。夜闇が世界を覆い、街灯の白いあかりがぽつんと浮きあがっている。

足音が階段をのぼってきた。だがわたしは動けなかった。体じゅうの筋肉が強張って、言うことを聞かない。

「ここにいたの。ねえ、ニノンは？　見つかった？　あの子はどこに――」

観念して、わたしは話した。

ニノンのことだけでなく、すべてを妻に話した。山野めぐみのこと。彼女名義のツイッター。自宅の画像をネットに上げられたこと。ショッピングセンターで、山野めぐみとおぼしき女と出会ったこと。

直後に怪文書が配られたと知ったこと。そして、ダイレクトメッセージで届いたニノンの画像――。

水那子は最後まで聞き終えた。

その顔は蠟細工さながらだった。表情を失った造作の中で、唇だけが別の生きもののように震えている。その唇がゆっくりとひらき、

「なんで黙ってたのよ！」

火のような叫びを発した。

わたしはうつむいた。

「きみを、心配させたくなかったんだ、だから」

「なによそれ！　そんな……そんなおかしな女がうろついてると知ってたら、ニノンにもっと注意を払えたのに！　この馬鹿！」

　クッションが飛んでくる。

　わたしは避けず、甘んじて彼女の怒りを受けた。

　水那子はわたしをなじり、怒鳴り、叩き――その末に過呼吸を起こして倒れた。わたしに介抱されながら、悔し涙を流していた。触るな、と思っている彼女の気持ちは痛いほどわかった。けれど、ほかにどうしようもなかった。

　その夜も、わたしたちは別べつの部屋で眠った。

　翌朝、水那子は目の下にどす黒い隈を浮かせて起床した。

「あの……今日は、休んだほうがいいんじゃないか」

　そう言うわたしに、

「そんな簡単に休めたら、苦労しない」

　水那子は吐き捨てた。

「どんなに大事な子だろうと、ペットはペットだもの。会社は忌引き扱いになんかしてくれやしない。毎日が日曜日のあなたには、わからないでしょうけどね」

言葉のひとつひとつに敵意がこもっていた。鋭利な針のようだった。

妻はわたしを睨みつけ、

「かのスティーヴン・キングも、ファンまがいのストーカーにかなり悩まされたらしいじゃない。よかったわね。あなた程度でも、ブランドネーム作家気分が味わえて」

叩きつけるように言って、出社して行った。

わたしはなにも言えなかった。

誰もいない静まりかえった家で、できることはなにもなかった。わたしは階段をのぼり、書斎へ向かった。

ツイッターを確認する。

ダイレクトメッセージが届いていた。『山野めぐみ』だ。

――読みました？

わたしは奥歯を嚙みしめた。ぎりり、と口内が軋むのがわかった。

どこの誰ともわからぬ、この女が憎かった。殺してやりたかった。こんなにも人を憎んだのは、生まれてはじめてだった。

「読んだよ」

奥歯を軋らせながら、そう打って返信した。

「どうして、この家がわかった」

『山野めぐみ』の返事は早かった。

「先生がツイッターに上げていた庭の画像からです。隣のおうちが、わずかにフレームインしていましたよ。そこを拠点にストリートビューで根気強く探したんです。先生自身が『その一言を』で、ストーカー女性の手口として使ったのと同じやりかたじゃないですか。いやだな、忘れちゃいました？　やっぱり盗作作家って、自分の文章に対して無責任なんですね」

「どうしてこんなことを」

わたしはあえいだ。あえぎながら、キイボードを叩いた。

「ニノンにあんなひどい真似をする意味があったか？　あの子がきみに、なにをしたっていうんだ。ニノンになんの罪があった」

「つまり、飼い主の罪をペットが背負わされたのね。可哀想、可哀想」

めぐみはせせら笑っていた。わたしを嘲笑う顔が、目に見えるようだった。

「全部あなたのせいよ。あなたが盗作を認めないから」

「盗作なんかしていない」

「へえ、そう？　あなた、おかしいわ」

「おかしいのはきみだ」

「無礼な言葉を使わないで」

　めぐみは瞬時に返信してきた。まるでこちらの動きを見ているかのようだ。

「あなた、そんな口がきける立場？　わかってるの？　あなたの大事な家族は、猫以外にもまだいるのよ」

　わたしははっとし、パソコンから身を引いた。

　――水那子。

「やめろ。妻には手出しするな」

「ミナコさんだっけ。××商事の営業二課の主任さんよね。いまの時刻はどこにいるのかしら。外回り中？　日本は治安がいいって言うけど、あくまで外国と比べたらの話よね。けっして安全なんかじゃない。車がたくさん走りまわっているし、刃物を持った通り魔とすれ違う可能性だってある。それに……」

「やめてくれ」

　わたしは呻いた。懇願を、そのまま文章にして打った。冷や汗で全身が濡れていた。

「妻には、なにもしないでくれ。お願いだ」

「なにかするなんて言ってないじゃない。なぜそう思うの？　なにかされるような、やましいところがあるのね？」

「金なら払う」

必死にキイボードを叩いた。ローンを完済したから残高はすくないけれど、借金してでも払う。いや、家を売ったっていい」

だが、めぐみの返事はすげなかった。

「お金なんかいらない。馬鹿にしないで」

「じゃあどうしたらいいんだ。なにが欲しい」

「だから、最初から言ってるでしょう」

めぐみのレスポンスが画面に表示される。

「盗作したと認めなさい」

キイボードから、わたしは手をおろした。

画面を見つめ、かぶりを振る。のろのろと上げた両手で頭を抱えた。髪を掻きむしった。

いやだ、と思った。いやだ。それだけはいやだ。

ずっと作家になりたかった。創作は心のよりどころだった。発表の場がなくとも、何年もこつこつ書きつづけてきた。作品はわたしの誇りだ。盗作したなんて、嘘でも認めたら、わたしはきっと壊れる。壊れてしまう。

小学生の頃はいじめられっ子だった。創作ノートが宝物だった。親は共働きで、きょうだいは歳の離れた姉が一人。離れすぎていて、甘えられる存在じゃなかった。鍵っ子だった。校内の図書館だけが居場所だった。

小学生向けにリライトされたミステリやSFを、山ほど読んだ。アシモフの『われはロボット』。トウェインの『アーサー王宮廷のヤンキー』。ステープルドンの『オッド・ジョン』。少年探偵団シリーズにも夢中になった。小五の春には『モンテ・クリスト伯』を読破した。アガサ・クリスティーやディクスン・カー、ウィリアム・アイリッシュは、棚の端から制覇していった。

本格的に創作をはじめたのは、高校時代だ。当時は水那子だけが読者だった。彼女に「面白い」と言ってもらえることが支えだった。

モニタに、めぐみのレスが次つぎ表示されていく。

「認めなさい」

「盗作を認めて、公《おおやけ》に謝罪しなさい」

「認めたら許してあげる」

「全出版社宛に謝罪文を送付しなさい」

いやだ。わたしはすすり泣いた。そんなことができるものか。やっと専業作家になれた。筆一本で食っていける、水那子に誇ってもらえる男になったのに。

「なぜだ」

わたしはキイボードを叩いた。

「どうしてなんだ。いったいなんの恨みがあって、こんな」

「あなたが悪いのよ」

「わかった。わたしが悪い。全部わたしのせいでいい。だが水那子にはなにもしないでくれ。頼む」

「じゃあ、盗作したと認める？」

わたしは迷った。どうすべきかわからなかった。内なる声が脳内で拮抗する。水那子を守るべきだ、という声と、絶対に認めるな、という声だった。

むろん認めたくはなかった。盗作などしたことはない。ただの一度たりともだ。ああ、でももし水那子になにかあったら。

指が震える。脂汗が滲む。

わたしはキイを叩いた。

「認める」

つづけて打った。認める。盗作したと認める。きみの言うとおりにする。謝罪文でもなんでも書く。わたしはきみの作品を盗んだ。泥棒だ。盗作作家だ――。

その刹那、世界が割れた。

はっきりと割れる音を聞いた、と思った。ガラスが砕けるような鋭い音だった。耳に刺さり、脳に刺さる。しかしその感覚も一瞬だった。

音も痛みもなにもかも、五感ごとわたしは濃い闇に吸いこまれていった。

窓から射しこむ光で、わたしは目覚めた。

真っ白な強い日差しが、カーテンの隙間から細い線となって射しこんでいる。太陽の角度が変わったらしい。ということは二、三時間はうたた寝したのだろうか。

そのわりに、頭がすっきりしなかった。頭が重いし、心なしか目が霞む。

玄関が騒がしかった。

ああ、水那子が帰ってきたようだ。わたしはベッドから起きあがる。

「ただいま、あなた」

「おかえり」

今朝出て行ったときより、水那子はずいぶん太ったようだ。

あんなに白髪があっただろうか。鼻の下の産毛がやけに濃い。右の目に、大量の目やにがこびりついている。

だがこの家に帰ってきたからには、水那子なのだろう。わたしの愛する妻だ。かけがえのない女性だ。

彼女のためにわたしは、すべてを捨てた。そう、すべて——とは、なんだっけ？　なにか大事なものを失くした気がする。しかも複数だ。なのに、ほんのすこしも思いだせない。

「獣医に行ってきたの」

水那子は腕に犬を抱えていた。

うちで長年飼っている犬だ。名前はええと、そう、ニノン。

——あれ、ニノンは犬だったか？

頭の片隅で誰かの声がする。うちのペットは猫じゃなかったか？　いやそれとも小鳥だっただろうか。フェレット？　うさぎ？　わからない。頭に霾がかかったようで、記憶が遠い。

わたしはかぶりを振った。

——どうでもいい。

そうだ、そんな瑣末事は全部とるに足らないことだ。肝心なのは、いまの生活が幸せかどうかだ。そしてわたしは、間違いなく幸福だった。

わたしは水那子に声をかける。

「夕飯を作っておいた。今夜は海老とほうれん草のグラタンだよ」

水那子が食べないことはわかっていた。なぜって彼女はダイエット中だからだ。

わたしが作った料理は高カロリーだからと食べず、高額な置き換えダイエットドリンクを飲み、寝る間際に「お腹がすいた」と言ってはお菓子を一袋あけてしまう。

海老とほうれん草のグラタンは、ニノンの餌皿にぶちまけられた。

かぼちゃのポタージュも、セロリのサラダも同様だった。餌皿からあふれた料理が、床をべっとりと汚した。

鼻づらを皿に突っこみ、ニノンが餌を貪《むさぼ》る。犬はグラタンを食えたっけ？　与えちゃいけない野菜があったような。でも、それもよくわからない。

なぜって水那子が決めてくれるからだ。

いまのわたしは、ほとんどものを考えない。その必要がないのだ。なにもかも水那子が代わりに考えてくれる。判断し、決断してくれる。

心地よかった。自分で決めなくていい生活。誰かの言うことさえ聞いていればいい暮らし。なんて気楽で安らかなのだろう。

いま、わたしのスマホは水那子が管理してくれている。パソコンも同様だ。妻に許可を得て、妻の前でのみ使用する。

ツイッターのアカウントは、いつの間にか水那子が削除したようだ。それでいい。SNSなんて、べつに暮らしに必要なものじゃない。

そして、『山野めぐみ』のアカウントは――。

思いだせない。

だが、あれから見にいってはいないはずだ。たぶんそうだと思う。その証拠に、記憶がない。わずかに覚えている気もしないでもないが、きっと夢だろう。

だって、女の死体画像がアップロードされていた――なんて、馬鹿げている。どこかで見た女のようだった。でもそれも気のせいだ。グロ画像のアップはツイッター社の利用規約に反する。それに、水那子はここにいるではないか。わたしの目の前に。ダイニングテーブルの向かいに。

「あなたが悪いのよ」

微笑みながら、水那子は言う。

「ああ」

わたしも微笑みかえす。

「わたしが悪い。全部わたしのせいでいい。だが妻にはなにもしないでくれ。頼む」

唇から勝手に言葉がこぼれ落ちる。なぜか顔の筋肉が、強張って動かない。

ニノンが床に激しく嘔吐しはじめた。

悪臭がぷんと鼻を突く。「馬鹿犬」水那子が顔をしかめる。わたしは笑みを顔に貼りつけたまま、思う。この犬は、わたしたちの何匹目のペットだったっけ？

「愛してるよ」

平板にわたしは言う。

「愛しているよ、わたしの水那子――」

＊　＊

――なんだろう、これは？

テキストデータを読み終えて、わたしは目をしばたたいた。

今朝、メールに添付されて届いたテキストだった。

件名は『櫛木理宇様』だから、間違いメールではないはずだ。メーラーに表示されていた送信者名は『山野めぐみ』。

知らない名である。メールの本文は真っ白で、添付ファイルのみが送られてきた。

このメールアドレスを知っているということは、知人か出版関係の誰かだろう。とはいえ名刺にも刷っているアドレスだから、範囲はもっと広いかもしれない。出版社のパーティなどで、いままで何百枚と配ってきた。

――これ、小説？　だよね？

首をひねってしまう。

作家志望の素人さんが、たまたま名刺を入手して送ってきたのだろうか。江戸川乱歩の『人間椅子』のオチを、つい思いだす。

本文がないのは下書きフォルダに保存していて、誤って途中送信したせいかもしれない。

だとしても、なぜわたしに――？　と思う。

わたしは流行作家ではない。大手出版社に顔がきくわけでもない。作家歴十年未満のペーペーで、新人を紹介したり、推薦できる立場にはほど遠い。

――しかも、作中人物にまで使われるとは。

わたしは苦笑した。

作中の『櫛木理宇』は男性で妻帯者だ。しかし現実のわたしは女で、当然ながら妻などいない。

本名は五十嵐ではないし、猫は好きだがアレルギーで飼えない。おまけにいまだ兼業作家だ。印税でローンを完済したマイホームとやらも存在しない。

とはいえ、いくつかの奇妙な符号はあった。

〝五十嵐〟は近隣一帯にとても多い姓だ。早川書房の編集者の名だって正しい。観ている海外ドラマや、子供の頃に好きだった図書館の本もおおむね一致している。年の離れた姉も実在する。

ただし、わたしは姉と仲がよかった。いじめられっ子でもなかった。

いや、いじめられるほど目立つ存在ではなかった、というのが正しい。小中高を通して、わたしはいたって地味だった。称賛を浴びることも、悪目立ちすることもない平凡な一生徒であった。

――第一、わたしは小学生の頃、創作をしていなかった。

はじめてまともに小説を書いたのは大学生のときだ。集英社の『小説すばる新人賞』に応募し、一次選考に通ったものの、二次で見事に落ちた。

二本目の小説を書きあげたのは約二十年後である。勢いでつづけざまに四作書き、うち二作が入賞した。奇しくも片方は『小説すばる新人賞』での受賞だ。受賞作が出版されたのを機に、以後は会社員と二足のわらじで細ぼそと生活している。

――なんか、微妙なニアミス加減が気持ち悪いなあ。

そう思いながら、わたしは掃き出し窓を開けた。

ひとつかみのお米を撒いてやる。庭に集まりはじめた雀《すずめ》を、廊下にしゃがみこんで眺める。

都会ならば糞害がどうのと非難されるかもしれない。だがここは田舎で、庭はいやになるほど広大だ。誰にも迷惑はかからない。

隣の家とだってかなりの距離があいている。たとえお隣さんがバーベキューをしていようと、洗濯物に煙がかかる心配がない距離だ。

せわしなく嘴《くちばし》を動かす雀を見ながら、そういえば昨日のメニューは煮込みハンバーグだった、とわたしは考えた。

煮込みハンバーグに茸のソテー、小松菜の煮びたし。ここまでは作中に出てくるメニューと同じだ。でも味噌汁の具は浅蜊ではなかった。砂吐きが面倒なので、滅多に貝の味噌汁など作らない。昨日は確か、ええと――わかめと葱にしたような。

昼食は予定を変え、キャベツとベーコンのペペロンチーノにした。

もちろんわざとだ。あえてあのテキストを茶化すことで、自分の中で〝ネタ〟として昇華させてしまいたかった。

昼食を終え、歯をみがいていると、チャイムが鳴った。

「ああ、いらっしゃい」

訪ねてきたのは、ご近所の各務さんの長男、亮太くんだった。

今年で小学四年生だ。女の子のような可愛らしい顔立ちをしているが、目のまわりに痣がある。悩みはいまひとつ背が伸びず、整列でいつも一番前なことらしい。

「どうも。こんにちは」

「こんにちは。じゃあ、いつものをお願い」

恒例のやりとりを交わし、庭へ行かせた。

彼は約二十分かけて、うちの庭に水撒きをし、鳥の糞を洗い流し、花壇に産毛のごとく生えはじめた雑草を抜いてくれた。

帰り際にはお駄賃と、タッパーに詰めた煮込みハンバーグをあげた。かわいそうな子なのだ。近隣の誰かが目を配ってあげなくては。

わたしはコーヒーを片手に、自室に戻った。

すぐさま愛用のパソコンへと向かう。早川書房から来春、短篇集を出してもらえることになったのだ。古い原稿が多いので、校正の前にデータで文章をなおしておかねばならない。

キイボードを叩きながら、そういえばさっきのテキスト——と考えた。

挙げられていた短篇が、今回収録する作品とほぼ完全に一致していたような。

とはいえ、さして不審には思わなかった。現代にはウィキペディアというものがあるのだ。ウィキのページを見ながら過去の掲載作を拾っていけば、誰だってあのくらいは書けるはずだ。

一時間ほど作業したところで、集中力が切れた。

凝りで固まった肩をまわし、目薬をさす。コーヒーのおかわりを淹れて戻り、すこし休憩しようとエディタを最小化した。

まずメーラーを立ち上げ、いらないメールをゴミ箱に入れる。次にブラウザで自分のツイッターアカウントをチェックする。

ダイレクトメッセージが届いていた。

——読みました？

ぎょっとした。思わずモニタから身を引く。

一拍置いて、おそるおそる顔を近づける。

アカウント名『ニノン』からのメッセージであった。

この台詞。このアカ名。あきらかに意図的だ。どうやらこの『ニノン』が、例のテキストデータの送り主らしい。

だが目的がわからなかった。たちの悪いいたずら？　いやがらせ？　いったい、なんのために？

『ニノン』のアイコンはデフォルトのままだった。フォロー0、フォロワー0。ツイート数2。登録は今月だ。どう見たって、俗に言う〝捨てアカウント〟である。

無視しよう。わたしは思った。

こんなやつ、相手にしたって図に乗らせるだけだ。こういう輩には無視がいちばん効く。ブロックはせず、ミュートにして放っておこう。

わたしはブラウザを閉じ、原稿の推敲作業に戻った。

例の『ニノン』から、リプライが届いていると気づいたのは翌朝だった。リプと言っても文章はなく、画像のみが貼られていた。

表札の画像だった。

そして、見慣れた石づくりの門柱――。

わたしの本名だった。そしてまぎれもなく、わが家の門柱だ。

顔から、一気に血の気が引くのがわかった。マウスに置いた手が震えた。

わたしはただちにツイッター社へ削除依頼を出した。著名な作家に比べれば、フォロワー数はお世辞にも多いとは言えない。それでもリプライならば人目に付く。一秒でも早く、画像を削除してもらわねばならない。

ツイッター社へ送信を終え、はっと手を止めた。

慌てて、趣味用に作ったアカウントへ飛ぶ。映画や海外ドラマの感想を書くための匿名アカだ。

少々辛口な意見や、俳優へのファンコールを心置きなく書きちらすための場である。親しい友人にすら明かしていないアカウントだった。

だが、予想は当たっていた。

ダイレクトメッセージは匿名アカウントにも届いていた。

――読みました？

全身に鳥肌が立った。

なぜ、と思う。なぜこんな。ここは誰も知らないはずのアカウントなのに。

個人的な情報はいっさい書いていない。話題は映画と海外ドラマ関連に終始している。フリーメールのアドレスで登録し、携帯番号は未登録。位置情報だって切っている。なのになぜ。

机に両手を突き、わたしは深呼吸した。

落ちつけ、と自分に言い聞かせる。落ちつけ。パニックになっちゃ駄目だ。向こうの目的はわからないが、取り乱したらきっと『ニノン』の思うつぼだ。

たっぷり一分深呼吸し、呼吸を整えてから身を起こした。

今日は可燃ゴミの日だ。ゴミをまとめて、出社の支度をしなくては。

しかし、駄目だった。

ゴミ袋を持って玄関に立った瞬間、足がすくんだ。

外に『ニノン』が――、いや『山野めぐみ』が立っている気がした。想像しただけで、冷や汗がどっと噴き出た。

なんとかゴミを捨てることはできたが、戻ってドアを閉めた途端、三和土《たたき》にへたりこんでしまった。

誰ともすれ違わなかったのに、怖かった。近所の窓から、カーテンの隙間から、誰かがこちらをじっと監視している気がして、足が震えた。

駄目だ。今日はとうてい出社できそうにない。さいわい繁忙期ではない。会議がある曜日でもなかった。上司に電話して、一日休ませてもらおう。急に発熱したとでも言うしかない。

上司は「お大事に」とだけ言い、とくにあやしみもしなかった。

わたしは通りに面した窓のカーテンを、ぴたりと閉めきった。庭は高い塀に囲まれており、外から覗かれる心配はない。代わりに、庭に面した掃き出し窓のカーテンを開けた。

やわらかな朝の陽射しが全身に降りそそぐ。

現金なもので、休むと決めたら気持ちが落ちついてきた。日光の効果もあるだろうか、冷や汗が引いていくのがわかる。

日常へ戻ろう。そう己に言い聞かせた。いつもの習慣を繰りかえし、いつものように振るまおう。そのうちに、気持ちが動作に付いてくるに違いない。

お櫃《ひっ》を開ける。米をひとつかみ取る。

わたしは雀のために、今日もお米を撒いた。見る間に雀が集まってくる。今日はいつもより多いようだ。雀が無心にお米をつつく姿に、胸があたたかくなる。恐怖と疑念でささくれた心が、次第にほぐれていく。

スマートフォンが鳴った。

送信者を見る。会社の番号だった。休むと連絡しておいたのに、なんだろう。せっかく気分がよくなってきたのに、台無しではないか。

鳴るだけ鳴らしておき、止んだところで電源を切った。立ちあがり、キッチンへ向かう。ウォールキャビネットから酒石酸アンチモンカリウムの瓶を出しておく。

コーヒーを淹れてくつろいでいると、今度はチャイムが鳴った。

亮太くんだった。見慣れた無表情で立っている。目のまわりの痣は治りかけているらしく、黄と紫のまだらになっている。

時刻はまだ十時半だ。また学校へ行かなかったらしい。とはいえお説教する気にはなれなかった。保護者でもないわたしに、そんな権利はない。

「いらっしゃい」

「どうも。こんにちは」

約十分かけて、いつものやりとりをする。終わって庭へ向かおうとする少年を、わたしは「ねえ」と呼びとめた。

「……ねえ、あの……おかしな噂とか、聞いてない？」

「は？」

亮太くんが怪訝な顔をする。

わたしは早口で取りつくろった。

「いえ、たとえばその、見知らぬ人が最近近所をうろついてるとか、わたしのことを訊いてまわる人がいただとか……」

語尾が次第にすぼまっていく。失敗したな、と思った。話せば話すほど馬鹿みたいに聞こえる。これじゃまるっきり、自意識過剰の変人だ。

わたしは首を振り、「ごめん。なんでもない」と話を打ち切った。

その後、亮太くんはいつものように水撒きをし、お駄賃を受けとって帰った。あげられる残りものはなかったので、雀をあげた。

少年を見送って、ふと空腹感を覚えた。

確か冷凍ごはんが茶碗二杯分残っているし、卵も挽肉もある。炒飯やオムライスくらいなら作れそうだ。

しかし、外に出てみようと思った。

もしかしたら家の前に山野めぐみが待ちかまえているかもしれない。だとしても、そのときはそのときだ。念のため、デニムのポケットにカッターナイフを忍ばせて表へ出た。

向かった先は最寄りのコンビニだ。しかし徒歩で行ける距離ではないから、車を使った。

赤と緑の看板の下で車を停める。田舎特有の駐車場はだだっ広く、テニスコートにさえ使えそうだ。エンジンを切り、店内へ入った。

ぶ厚いガラス戸を開けた途端、

「おいおい、しっかりしてくれよぉ。この店の社員教育はどうなってんだよお。いいから、店長呼んでこい。おまえじゃ話になんねえよ……」

と、まくしたてる濁声が耳を打った。

七十代に見える老人だ。歳若い女性店員を相手に、居丈高に怒鳴りつけている。

わたしは顔をしかめた。

ああいう手合いは嫌いだ。逆らえない相手とみるや、かさにかかって威張りちらすのだ。現役時代は、さぞパワハラ上司だったに違いない。

からまれた女性店員が涙ぐんでいる。一方、怒鳴った老人は愉悦に顔を輝かせている。

気分が悪かった。食欲が失せた。今日はお酒だけ買って帰るとしよう。

帰宅して、わたしはロング缶を立てつづけに三本空けた。ほろ酔いだ。いまの気分なら、『ニノン』のアカウントを閲覧できそうだった。

見ると、アカウントはまだ削除されていなかった。

ツイート数は8に増えていた。ただしいっとう最初の「はじめまして」ツイートを除けば、すべて同じ文字列が並んでいる。「読みました?」の六文字が。

だがツイートにわが家の画像は添付されていない。表札の画像もだ。

むろん、女の死体画像もなかった。

翌日はいい天気だった。

庭に面した掃き出し窓を開け、全身に朝の陽射しを浴びた。今日も休むとしよう。こんな日に会社に行くなんてもったいない。集まってきた雀には、米と一緒に酒石酸アンチモンカリウムを撒いておいた。

チャイムが鳴った。インターフォンのモニタを見ずともわかる。亮太くんだ。ご近所の子。今年で小学四年生だが、栄養失調でひどく体がちいさい。目のまわりの痣は、ぞっとするような黒っぽい紫に変色している。

「いらっしゃい」

「どうも。こんにちは」

まず目を狙って殴った。次に腹を蹴った。約十分かけて、丁寧に痛めつけた。少年が胃液でエクステリアを汚したので、今日は掃除だけさせ、お駄賃はやらずに帰した。泣き声ひとつあげない、つまらないガキだった。

パソコンへ向かう。今日もおかしなメールが来ていた。読まずにゴミ箱へ放りこんだ。

お昼を買いにコンビニへ向かった。

店先に、昨日と同じ自転車が停まっている。ガラス越しに中を見やると、昨日の老害がまた店員にねちねちと絡んでいた。

どうやらこの自転車は老害のものらしい。わたしはアルコールを買いこんで店を出た。

やつが店員に気を取られているのを確認し、カッターナイフで自転車の後輪タイヤを切り裂いておいた。

窓越しに、ふと店員と目が合う。店員は笑っていた。わたしも笑顔で手を振りかえした。

午後にはなぜか、交番の巡査がわが家を訪れた。

どうやらあのガキが通報したらしい。小遣いをやらなかったから逆恨みされたようだ。

わたしに殴られた、と交番へ駆けこんだとのことだった。

「まさか信じたんじゃないですよね？　あの子は評判の嘘つきですよ」

わたしは肩をすくめた。

「だいたい、考えてもみてください。ここに来るたび殴られていたとしたら、なぜ毎日あの子は自分から来るんです？　話のとば口からして破綻していますよ。まったく、子供の浅知恵ってのはこれだから……」

「ですよねえ」

巡査は笑った。わたしも笑った。笑いながら巡査は去っていった。

掃き出し窓を開ける。庭いっぱいに、雀の死骸が落ちていた。

夕方になってまたガキが来た。

鳥の死骸を無言で指さすと、ガキは黙って死骸を庭に埋め、帰っていった。

可愛くないやつだと思った。思いつつ、己の頬を擦る。

いつの間にか伸びていた髭が、掌に痛痒く刺さった。そういえば今朝、髭を剃った覚えがない。昨日はどうだったっけ？　忘れてしまった。

　パソコンに向かった。

　書きあげたばかりの新作をひらき、確認する。

　最後の一文を眺め、しばし考えこんだ。

――鳥の死骸を無言で指さすと、ガキは黙って死骸を庭に埋め、帰っていった。

　しまった。これはいけない。

「無言」と「黙って」が重複している。ここは『鳥の死骸を指さしてやる。ガキは黙って死骸を庭に埋め、帰っていった。』のほうがいいのではないか？

　悩んだ結果『鳥の死骸を指さしてやる。ガキは黙って……』に修正した。こまかいだろうか。だが小説の価値は細部に宿るのだ。句点と読点の位置にだって、充分に気を遣わねばならない。

　メーラーを立ち上げた。新作のデータを添付し、送信する。

　無事に送信が終わったことを確認して、欠伸を洩らした。

　昨夜、『櫛木理宇』のアカウントにアクセスしようとしたのだ。だが入れなかった。何度か試したら、エラーメッセージが表示された。

　思わず舌打ちした。あの糞アマ、パスワードを変えやがった。誕生日と血液型をもとにした、簡単なパスワードだったくせに。生意気にも学習したのか。くそったれ。腐れ×××。××××が。

ツイッターでは不正アクセスなどの不審な動きがあると、登録しているスマホの番号に運営から数字コードが届くらしい。おれのスマホはもちろん鳴らなかった。鳴るはずもなかった。

おれは『ニノン』のアカウントへ飛んだ。

凍結されていた。

笑ってしまった。凍結したって無駄だ。アカウントなんていくらでも新設できる。フリーメールのアドレスだって作り放題だ。誰かをネットの世界から完全に締め出すなんて、できやしない。馬鹿だ。この世には馬鹿しかいないのだ。

だからおれは昨夜のうちに新しいアカウントを開設した。アカウント名は『水那子』に決めた。

このパソコンから、『水那子』名義のアカウントへ飛んでみる。アイコンは未設定のままだ。もちろんフォローは0。フォロワー0。

次に『櫛木理宇』のアカウントにアクセスした。

パソコンにパスワードが保存してあるらしく、すんなりログインできた。まったく無用心なアマだ。お仕置きに『プライバシーとセキュリティ』設定をいじってやった。

ポータルサイトへ移動し、フリーメールをひらく。こちらもパスワードが保存してあった。おれがさっき送った新作が、ちゃんと届いていた。

おれはほくそ笑む。

あの腐れ×××は驚くだろうか。いままでおれの傑作は、すべてあいつのプロバイダメールのアドレス宛に送っておいた。でも今回はあいつのフリーメールアドレス宛に、あいつ自身のプロバイダアドレスから届いたのだ。

どど腐れアマは怖がるのか。それとも腹を立てるか？　警察を呼ぼうとするか？

いまから楽しみだ。あの××××、クズの×××が。

あいつが悪いのだ。全部あいつがいけない。だってあいつが、おれの考えていた作品を盗作した。おれの頭の中を盗み見やがった。何年も何年もあたためていた作品だったのに。

受賞して作家になっていたのは、このおれのはずだったのに。

おれは時計を見る。

あいつが帰ってくる時刻まで、あと十五分。

楽しみだ。自分の部屋に見知らぬ男がいると知って、あいつは怖がるのか。それとも腹を立てるか？　警察を呼ぼうとするか？　楽しみだ。

お楽しみまでの間、おれは自作を推敲しておくことにする。

ふたたびメーラーをひらく。おれが過去に送ったメールが、すべてゴミ箱フォルダに入っていた。糞が。あの××××。×してやる。

いっとうはじめに送ったメールを選んだ。添付のデータをダウンロードし、ひらく。書き出しはむろん覚えている。『ジョギングを終えて帰宅すると、ポストの投函口に封書が刺さっていた』だ。

窓の外で、車の停まる音がした。

おれは耳を澄ます。いまエンジンが切られた。車のドアが閉まった。玄関の扉に、鍵を挿しこみ、まわしている。ああ、入ってくる。

おれはベッドの下にもぐりこみ、隠れる。待ちかまえる。階段をのぼってくる足音に胸がはやる。

早く部屋まで来てくれ。立ち上がっているパソコンに首をかしげ、座ってメールを確認してくれ。その背中に話しかけたい。驚く顔が見たい。

おれの第一声は、もちろんこうだ。

――読みました？

苦い毒のアソートボックス

ライター 瀧井朝世

容赦のない書き手である。巧みなストーリーテリングのなかで、人間の醜さをこれでもかというほど暴きだす。それが櫛木理宇だ。

本書は異なる媒体に寄稿した短篇四篇と、書き下ろし二篇からなる短篇集。描かれるシチュエーションも構成も用意された仕掛けもさまざまで、著者の着想の豊かさに驚かされる。ただし、どれにも毒が含まれている点は共通しているというわけだ。

まずは、一篇ずつ簡単に振り返ってみよう。

「死んでもいい」

問題児だった中学生が刺殺され、被害者に暴行を受けていた同級生が事情聴取を受ける。だが、彼は「ぼくが、この手で殺したかった」と思う。刑事と容疑者の少年の視点から緊迫感を持って話が進行するなかで、少年たちのバックグラウンドが浮かび上がってくる。犯人は誰か、動機は何かという謎で牽引するミステリ短篇だが、それだけでなく、やがて明かされる真実は意外性を持ったもの。読み手の先入観を打ち砕き、人間の欲望や関係性のことは当人しか分からない、という永遠の真実を突き付けてくる。

「ママがこわい」

視点人物は歯科医院の院長の秀行。近所に娘の梨央が夫と孫と住んでいるのだが、彼女は最近、幼稚園のママ友との関係に悩んでいる様子。新たに入園してきた子どもの母親、亜沙美がとんでもないトラブルメーカーで、梨央に無理難題を押し付けてきているという。とにかく櫛木理宇という作家は、やっかいでわがままな女性を描かせたら右に出るものはいないといえる書き手で、この亜沙美の言動には読者もむかついてくるのではないだろうか。まず、ランチ会で訪れた店でのありえないイチャモンの数々は、よくこんなことを思いつくなと感心するほど。亜沙美の行動の顛末が話の主軸ではあるが、終盤になってなぜこれが秀行の視点から書かれているのか、ちゃんと理由があったのだと読者は苦い驚きとともに知ることになる。

「からたねおがたま」

こちらもまた、危険性を持った女性が登場する。叔父の葬儀のために数十年ぶりに故郷を訪れた〈わたし〉は、元義姉と再会。なぜ〝元〟がつくのかというと、彼女は父親の再婚相手の連れ子だったのだが、四年後に親たちは離婚したのだった。その時期〈わたし〉はまだ小学生だったが、義姉との間に穏やかではない思い出がある。大人になった今、彼はその出来事を振り返り、そして、おそらくもう元には戻れないだろう一歩を踏み出す。自分のために。その決意の大きさが胸に迫ってくる作品だ。

「その一言を」

ストーカーの女性が、つきまとっていた男性の妻を白昼堂々鉈で襲うという事件が発生。刑事が取り調べを始めると、彼女は微笑みながら、自分は彼の妻で、配偶者を奪われたから奪い返しただけだ、と主張する。そして回想パートでは過酷な少女時代が描かれるのだが……。こちらもまた嫌な人間が続々登場。なぜ一人の女性がストーカーとなり凶行に走るに至ったか、その経緯が明かされていく構造だと思って読み進めていくと、いや、たしかにそうした構造なのだが、何重にもひねりが効いていて、待っているのは意外な展開だ。これは読み終えた時にタイトルの意味がじわじわと沁みてくる。登場人物たちが心の奥底で欲していた一言とは、それぞれ一体なんだったのか。じっくりと噛みしめてみたくなるはずだ。

「彼女は死んだ」

三十年前に故郷で起きた悲劇。当時中学生だった〈ぼく〉が久々に故郷に戻り、旧友や恩師と再会するなかで一連の出来事を振り返る。かつて、物語を書く喜び、読む喜びを分かち合った〈ぼく〉と恩師だが、〈ぼく〉の自意識と葛藤と恋心が、やがて思わぬ事態を引き起こしたのだった。誰が誰にどのように殺されたのか、予想しながら読み進めていくと、これもまた予想外のある真実が浮かび上がってくる。

「タイトル未定」

短篇集の場合、掲載順にこだわらず順不同に読み進める人もいるだろうが、これは最後に読むことをおすすめしたい。というのも、櫛木理宇という名前の語り手が登場し、本作の他の短篇のタイトルも出てくるのだ。ただし、作中の櫛木理宇が男性であるため、これがフィクションであることは明白……と思ったら、ああなるほど、という展開。これが現実に起きたら作家としてはかなり恐ろしい出来事といえるだろうが、メタフィクション的な構造のなかで著者が遊んでいる印象もあり、どこかユーモアも感じさせる一作。

どの短篇も、読み手の思い込みや先入観を軽々と打ち砕く。登場人物たちの行動について、「こういうことだろう」と予想しても、毎回裏切られてしまう。しかもそうした展開が安易なサプライズとして用意されているのではなく、なぜそうなったのか、当事者にしか分からない事情や心理がむき出しにされていく。それは恐ろしく、悲しく、哀れで、どこか滑稽で、つまりはとても人間臭いものである。登場人物たちは、時に過剰なくらい身勝手で残酷で醜い心を持っているが、それこそが物語を予測できない方向へ動かす力となっている。つまりは必要不可欠なモチーフ。

彼らの行動に嫌悪感を抱きながらもページをめくる手が止まらないのは、著者がそうした物語運びのコツをよく押さえているからであり、また、自分は安全な場所にいながらにして人の悪夢を覗いてぞっとしたい、驚きたいという、読者の密かな欲望のツボを押してくれているから。明るくて清潔で希望のある話ばかりが読者を喜ばせ、励ますとは限らず、人には、人間が決して聖人君子でないと再確認することで何か腑に落ちたように感じる心理があるのも確かだ。

ただし、程度の差はあれ、作中に描かれるものと似たような醜さ、残酷さは案外、現実世界の身近なところにきっとある。自分の中にも、すぐ傍の誰かの中にも。各短篇、それが表出した時に起こりうる最悪のケースは何かという思考実験がなされているともいえるのではないか。

櫛木理宇は一九七二年生まれ。二〇一二年に『ホーンテッド・キャンパス』で第十九回日本ホラー小説大賞読者賞を受賞して作家デビュー。これは霊が見えてしまう体質の青年が、片想いの相手に近づくために大学でオカルト研究会に入り、個性的な仲間とともにさまざまな怪奇現象を解決するというストーリー。もちろん怖いが、主人公のじれったい恋模様も盛り込まれた青春ホラーだ。その後シリーズ化し、現在、なんと十六巻まで刊行されている。この『ホーンテッド・キャンパス』と同時期に応募していた『赤と白』（現集英社文庫）で数か月後に第二十五回小説すばる新人賞を受賞。こちらは本書と同じ系譜といえる嫌展開もので、北の町に住む親友同士の二人の少女の物語だ。それぞれ劣悪な家庭環境を隠し明るく振る舞っているが、小学生時代に引っ越していった元同級生が戻ってきたことを機に、二人の関係性が少しずつ変化し、やがて凄惨な出来事が……。と、デビュー二作にして、著者は作風のふり幅の広さを知らしめたのだった。

ハヤカワ文庫JAからは他に、話題を集め、映画化も決定した『死刑にいたる病』（単行本『チェインドッグ』を改題して文庫化）という著作がある。一人の青年のもとに、現在拘置中の連続殺人犯から手紙が届く。彼が起こしたとされる一連の事件のなかで一件だけは冤罪であり、それを証明してほしいというのだ。こちらも唖然とする二転三転の展開が待っている。他にも、夢見という能力者が活躍するオカルト青春小説『ドリームダスト・モンスターズ』（幻冬舎文庫）シリーズや多数のノンシリーズを発表。会社員でもある兼業作家とは思えないほど精力的に作品を刊行している。この短篇集は、そんな彼女の得意技が詰まった一冊であり、著者の作品は初読だという方にもおすすめだ。各篇のなかに溶かし込まれたさまざまなフレーバーの毒を、一度に味わえるのだから。

初出一覧

「死んでもいい」　小説すばる　二〇一六年一二月号
「ママがこわい」　小説すばる　二〇一八年五月号、「テリブル・ママ」を改題
「からたねおがたま」　月刊ジェイ・ノベル　二〇一三年八月号
「その一言を」　ハヤカワミステリマガジン　二〇一八年七月号
「彼女は死んだ」　書き下ろし
「タイトル未定」　書き下ろし

死刑にいたる病

櫛木理宇

鬱屈した日々を送る大学生、筧井《かけい》雅也《まさや》に稀代の連続殺人鬼・榛村《はいむら》大和《やまと》から一通の手紙が届く。「罪は認めるが、最後の一件だけは冤罪だ。それを証明してくれないか？」自分のよき理解者であった大和に頼まれ、事件の再調査を始めた雅也が辿りついた残酷な真実とは――『チェインドッグ』改題文庫化。解説／千街晶之

著者略歴　1972年生，作家　著書『死刑にいたる病』（早川書房刊），〈ホーンテッド・キャンパス〉シリーズ，『鵜頭川村事件』『ぬるくゆるやかに流れる黒い川』『虎を追う』他多数

HM=Hayakawa Mystery
SF=Science Fiction
JA=Japanese Author
NV=Novel
NF=Nonfiction
FT=Fantasy

死《し》んでもいい

〈JA1429〉

二〇二〇年四月二十日　印刷
二〇二〇年四月二十五日　発行

（定価はカバーに表示してあります）

著者　櫛《くし》木《き》理《り》宇《う》
発行者　早川浩
印刷者　西村文孝
発行所　株式会社早川書房

郵便番号　一〇一 - 〇〇四六
東京都千代田区神田多町二ノ二
電話　〇三 - 三二五二 - 三一一一
振替　〇〇一六〇 - 三 - 四七七九九
https://www.hayakawa-online.co.jp

乱丁・落丁本は小社制作部宛お送り下さい。
送料小社負担にてお取りかえいたします。

印刷・精文堂印刷株式会社　製本・株式会社フォーネット社

ISBN978-4-15-031429-3 C0193

本書は活字が大きく読みやすい〈トールサイズ〉です。